José J. Veiga

O trono no morro

boaprosa

José J. Veiga

O trono no morro

conforme a nova ortografia da língua portuguesa

editora ática

Importante: *esta edição reformulada traz os mesmos textos ficcionais da anterior, publicada pela extinta série Rosa dos Ventos.*

O trono no morro

Diretor editorial	Fernando Paixão
Editora	Gabriela Dias
Editor assistente	Emílio Satoshi Hamaya
Apoio de redação	Veio Libri
Preparação	José Roberto Miney
Coordenadora de revisão	Ivany Picasso Batista
Revisoras	Claudia Padovani Luciene Lima
Editor de arte	Antonio Paulos
Diagramador	Claudemir Camargo
Design e DTP	Negrito Produção Editorial
Pesquisa iconográfica	Sílvio Kligin (coord.) Caio Mazzilli
Foto do autor	Eder Chiodetto/Folha Imagem
Imagem de capa	istockphoto.com

CIP-BRASIL. CATALOGAÇÃO NA FONTE
SINDICATO NACIONAL DOS EDITORES DE LIVROS, RJ

A528t
8. ed.

Veiga, José J. (José Jacinto), 1915-1999
O trono no morro / José J. Veiga. – 8.ed. – São Paulo : Ática, 2007.
(Boa Prosa)

Acompanhado de suplemento de leitura
Inclui apêndice e bibliografia
ISBN 978-85-08-10809-1

1. Comportamento humano – Ficção. 2. Conto brasileiro.
I. Título.

06-4069 CDD 869.93
CDU 821.134.3(81)-3

ISBN 978 85 08 10809-1 (aluno)
ISBN 978 85 08 10810-7 (professor)
Código da obra CL 735696

2023
8ª edição | 6ª impressão
Impressão e acabamento: Forma Certa Gráfica Digital

Av. Otaviano Alves de Lima, 4400 – CEP 02909-900 – São Paulo, SP
Atendimento ao cliente: 0800-115152 – Fax: (11) 3990-1776
www.atica.com.br – www.atica.com.br/educacional – atendimento@atica.com.br

Que entre o outro e conte

A narrativa de *O trono no morro* começa enfocando um personagem peculiar – Dom Quintino, rei de muitas responsabilidades e extensos domínios, com palácio e trono em alguma região remota do interior do Brasil. Só que, nesse lugar, não é de esperar que haja rei algum, nem muito menos trono ou reinado.

O fato é que José J. Veiga costuma levar seus leitores ao reino do insólito como uma maneira de, com mais discernimento, enxergarem a vida e o ser humano. E em poucas obras essa operação foi tão bem executada como em *O trono no morro*. Já no início da narrativa, temos:

"Se quando ele era menino alguém o tivesse apontado e dito 'este maroto aí ainda vai ser governador', quem ia acreditar? [...] E se mais tarde, ele já adolescente e trabalhando na capina de roças de feijão e milho, outra pessoa tivesse repetido a profecia, o resultado teria sido algumas gargalhadas e muitos palavrões, e na certa o apelido de 'governador' entre os companheiros de eito. E anos mais tarde, já no bando de Gumercindo Frade, aí é que a profecia não teria mesmo nenhum cabimento. E no entanto não estava ele ali governando?

"Mas o bando! Gumercindo Frade! Teve isso mesmo, ou ele estava misturando sonho, conversa, invenção? Às vezes esse pedaço ficava completamente apagado da vida dele, outras vezes as lembranças brotavam claras e fortes. Quem era ele afinal? Duas pessoas num corpo só? Então que entrasse o outro, e contasse."

E quando entra em cena esse outro para ser revelada a sua trajetória, o intrigante início com Dom Quintino dá lugar a uma comovente história, a vida de Quintino Jerônimo Júlio. Dom Quintino, então, estará como que aguardando, sentado no trono, num "patamar de pedra em seu palácio na serra do Mossongo", enquanto o "outro" vive diante de nós suas aventuras e desventuras – na infância órfã, o trabalho semiescravo como empregado de uma fazenda, o qual se estende até a adolescência; na adolescência inocente, o rapto por um bando de foras da lei com o qual é obrigado a conviver, perambulando pelo sertão e vendo a morte de perto nos vários combates; na maturidade, já homem-feito, a tentativa de construir para si uma vida e uma família...

O tempo todo sabemos que haverá um reencontro desses dois. E será no final, claro, quando descobriremos os terríveis e infelizes acontecimentos que fazem Quintino Jerônimo Júlio se tornar Dom Quintino, o soberano solitário de um vasto e estranho reino. Com os olhos arregalados e o coração compungido, o leitor não perde por esperar!

O trono no morro foi publicado pela primeira vez no livro *De jogos e festas*, que deu ao seu autor, em 1981, o Prêmio Jabuti, uma das consagrações literárias mais importantes do país. Com um texto forte e bem construído, esta narrativa traz a marca de José J. Veiga, um dos grandes representantes da moderna literatura brasileira, e proporciona ao leitor a oportunidade de passar a enxergar o mundo com o coração mais tocado, mais solidário, em relação às vicissitudes da condição humana.

Os editores

O trono no morro

Dom Quintino não sabia mais há quanto tempo estava no poder, nem se preocupava em saber. Para ele o seu reinado não ia ter fim, nunca. Quem arca com a responsabilidade de governar uma grande maromba, terras que se perdem de vista além de morros e mais morros, campos sem-fim, tem tanto trabalho que acaba perdendo noção de tempo. Mal nasce o dia, começam os despachos, o ritual, as audiências, as providências, numa engrenagem macia mas cansativa, que outros menos dotados deixariam acumular, mas não Dom Quintino. Se chegasse um fiscal de repente, a qualquer momento de qualquer dia, e começasse revirando tudo para conferir, não o pegaria em falta. Esse era o seu orgulho que lhe dava satisfação e também forças para continuar. Por que então havia descontentes no reino? O que mais o povo ainda esperava dele?

Sentado num patamar de pedra de seu palácio na serra do Mossongo, Dom Quintino ponderava sobre a incompreensão e a ingratidão dos homens. Ele ali se sacrificando, carregando o mundo nas costas dia e noite, e gente tramando no escuro para lhe tomar o lugar. Derrubar governo devia ser declarado pecado mortal, castigado pelas lavaredas do inferno. Ou seria uma doença, que ele precisava estudar para curar? Pensar que poderia haver doentes no reino o entristecia, mas não por muito tempo. Dom Quintino acreditava na proteção do Alto, e sabia que, fosse caso de doença, as forças lá de cima já estariam providenciando a solução. Viva o Grande Protetor, ajoelhem-se todos! Cabeça baixa, olhos fechados, muito respeito! Quem merecer, se salvará.

O caso dele era um exemplo. Se quando ele era menino alguém o tivesse apontado e dito "este maroto aí ainda vai ser governador", quem ia acreditar? Talvez os pais, eles sempre acreditam em um grande destino para os filhos. E se mais tarde, ele já adolescente e trabalhando na capina de roças de feijão e milho, outra pessoa tivesse repetido a profecia, o resultado teria sido algumas gargalhadas e muitos palavrões, e na certa o apelido de "governador" entre os companheiros de eito. E anos mais tarde, já no bando de Gumercindo Frade, aí é que a profecia não teria mesmo nenhum cabimento. E no entanto não estava ele ali governando?

Mas o bando! Gumercindo Frade! Teve isso mesmo, ou ele estava misturando sonho, conversa, invenção? Às vezes esse pedaço ficava completamente apagado da vida dele, outras vezes as lembranças brotavam claras e fortes. Quem era ele afinal? Duas pessoas num corpo só? Então que entrasse o outro, e contasse.

Ele conheceu Gumercindo em pessoa numa manhã de muita chuva, dias depois de apanhado pelo bando. No princípio viajou com um colete de couro fechado nas costas e ligado à sela de outro homem. De noite o amarravam de pés e mãos e ainda passavam um laço pela peia e amarravam a ponta numa árvore. Ele chorava e pedia que o soltassem, dizia que não tinha jeito para bandoleiro, era medroso e nem sabia atirar, e de mais a mais o patrão, seu Demoste, precisava dele na roça. Os homens riam e respondiam que o patrão não tinha leite para ele mamar — ou tinha? E que atirar é ciência que qualquer pessoa aprende depressa. E quanto ao medo, também não era novidade, todos ali já tinham tido, medo é como diz o ditado, quem não tem é aleijado. E quando se cansavam de ouvir choro de marmanjo, e as frases de humor se esgotavam, eles o ameaçavam de chicote, ou faca; ele se calava, é melhor estar amarrado mas são do que amarrado e lanhado. Quando já estavam há vários dias de marcha das terras de seu Demoste, o tratamento melhorou: só o amarravam de noite, e falavam muito nas bondades da vida de bandoleiro.

— Você tem família? — lhe perguntaram um dia.

Não. Nascera e fora criado na fazenda de seu Demoste, trabalhando desde pequeno. Só conheceu a mãe, que se gastava de manhã à noite, na cozinha e na lavagem de roupa, e morreu de pneumonia.

— Então! Você está bom pra guerrear no bando. É de gente assim que o chefe gosta.

— Deus me livre! Sirvo pra isso não. Matar gente...

— Acostuma. Nenhum de nós aqui nasceu matando. De mais a mais, a gente só mata quem quer matar a gente. É a lei do chefe Gumercindo.

— Ouvi dizer que vocês fazem muita maldade.

— Inzona. Fizemos com você?

— Me amarraram. Me peiaram.

— Engraçadinho. Se não amarrasse e não peiasse você não fugia não? E amarrar é maldade? Maldade é cortar com faca. É capar. É dar tiro na direção do pé pro cabra pular. Não fizemos nada disso que a gente faz com os bodes e com os amigos deles.

— Olhe aqui, menino — falou outro. — Guerrear é bom. Da primeira vez você se borra de medo. Depois acostuma. E chega a ficar inquieto quando passa tempo sem dar tiro. Como a gente está agora.

— Esse aí nunca atirou — disse outro. — Você já atirou sem ser em passarinho?

— Já atirei com espingarda. Pra espantar bicho comilão de roça.

— Ah. Aquelas bostinhas de cano fino. É mesmo que nada. Espere até o chefe lhe presentear com um 38 cano longo. Igual a este aqui, ó. Já pegou num?

— Seu Demoste tinha um e não deixava ninguém pôr a mão. Tinha tanto cuidado com ele que nunca deu um tiro, pra não estragar nem sujar. E assim mesmo vivia limpando ele por dentro com uma vareta-escova, por fora com uma flanela.

— Essa é boa. Pra que ter um revólver de raça, se não é pra dar tiro? Quando a gente passar de novo pela casa desse seu patrão vou me lembrar disso.

— Não está satisfeito com o que já tem?

— Você é nambo mesmo, hein? Não vê que dois é melhor do que um? Não sabe que arma de fogo esquenta em combate, e convém a gente ter uma de reserva?

Se era assim, o homem tinha razão. Mas carregar um machado daqueles na cintura já devia dar dor de cadeira, imagine carregar dois. Só se fosse pra fazer equilíbrio.

O prisioneiro devolveu o revólver, segurando o bicho com as duas mãos; tinha medo que ele caísse e saísse pulando e dando tiros, como busca-pé.

— Qualquer dia desses o chefe manda a gente ensinar você a dar tiros.

Depois dos primeiros contatos, quando aprendeu a carregar a arma, empunhar e apontar, e puxar o gatilho, não propriamente puxando mas espremendo, o primeiro tiro que ele deu com intenção de acertar foi num urubu — e acertou. O dono da arma, e outros que estavam perto, fizeram o pelo-sinal e vieram correndo censurar. E ele aprendeu que matar urubu dá azar, e arma que mata esse bicho precisa ser limpada com reza de boa rezadeira, do contrário pode falhar fogo em momento de maior necessidade, ou disparar contra o dono. Mais tarde ele soube que até o chefe tinha ficado aborrecido com o caso, só não viera repreender pessoalmente porque não tinha costume de falar com novato.

Dias depois ele assistiu ao primeiro tiroteio, quando o bando foi atacado por uns bate-paus que o vinham pombeando. O ataque aconteceu tarde da noite mas não chegou a ser surpresa. A tática para essas ocasiões era não responder ao fogo, se espalhar deixando os animais, depois voltar e cair sobre os atacantes de surpresa. Assim foi feito, com grande estrago para os bate-paus e arrecadação de algumas boas armas com a munição. O bando sofreu apenas alguns ferimentos leves, e essa sorte foi atribuída à boa estrela do prisioneiro, tão boa que nem tinha sido afetada pela morte do urubu.

Na manhã seguinte, quando fazia o exame e distribuição das armas apreendidas, o chefe mandou chamar o prisioneiro. Era a primeira vez que ele ia ver Gumercindo Frade cara a cara.

Gumercindo recebeu-o sentado num tronco seco, o cinto com os dois revólveres descansando de um lado, a carabina do outro, os pés mal tocando o chão. A roupa era um pobre parelho de brim azul-claro com riscas brancas, e devia ter sido feito por mulher ou aprendiz, o paletó era cheio de papos nos ombros e as mangas pouco passavam do meio do braço, deixando ver bom pedaço da camisa de algodão que já tinha sido branca. A calça também parecia muito curta, mas podia ser por estar o homem mal sentado, e tinha um rasgão pequeno no joelho esquerdo. As mãos pequenas, redondas, gorduchinhas, pareciam mãos de menino robusto. Um chapéu de abas estreitas, mais próprio para uso em cidade, estava enterrado até o meio da testa. Aquele homem tão apagado seria mesmo o famoso Gumercindo Frade?

— Então você é o queijeiro que pegamos lá no Corta-Volta.

Não era uma pergunta, e deixava entender que o chefe também estava desapontado. Bom sinal. Quem sabe o deixavam ir embora? O prisioneiro ficou calado, e para fazer alguma coisa mudou o peso do corpo de um pé para outro.

— Já sei que o companheiro está atirando muito bem.

Companheiro? Mau sinal. — Que nada, patrão. Tenho prática de atirar não.

— Espere eu falar. Já me disseram que você está atirando muito bem em urubu.

Os homens em volta riram, sempre é bom rir quando o chefe tenta fazer graça. O prisioneiro riu também, podia ser alguma praxe do bando.

— Você... sempre resolveu juntar com a gente?

Uma esperança acendeu no prisioneiro. Então ele podia resolver não juntar?

— E eu posso resolver o contrário?

O chefe ergueu bem a cabeça para mostrar a cara, entrefechou os olhos, sem tirá-los do homem à sua frente. Falou:

— Pode não. Foi apanhado, fica. Por bem ou por mal.

— Eu não sirvo pra guerrear, patrão. Sou molengo e tenho medo de morrer.

— Vamos devagar. Eu não sou patrão de ninguém. O meu posto aqui é de chefe. E tem medo de morrer? Pra isso tem remédio. É só fazer de conta que já morreu. Sabendo que ninguém morre duas vezes, o medo acaba.

— Eu nem sei atirar direito, patrão, quero dizer, chefe.

— E já não estão ensinando? Expedito! Não mandei você ensinar?

O homem chamado Expedito se apresentou rápido e informou que estava ensinando sim, e que o homem estava aprendendo muito bem, tanto que tinha acertado no urubu.

— E você deixou.

— Tive culpa não, chefe. Quando vi, já tinha atirado. Foi de repente.

— Tá, tá. Com que arma?

— Com o meu ximite.

O chefe estendeu o pé na direção de um enorme revólver oxidado, que estava entre outros espalhados sobre um baixeiro no chão.

— Me dá esse 38 aí.

Expedito apanhou o revólver com a cartucheira e passou ao chefe.

— Chegue aqui, menino. Como é a sua graça?

— A minha?

— A sua mesmo. A dos outros eu sei.

— É Quintino.

— Quintino de quê? Não espere perguntar. Vai dizendo tudo.

— Quintino Jerônimo Júlio.

— Quintino Jerônimo Júlio? É tudo primeiro nome? Não tem sobrenome?

— Sei não senhor.

— Tá bem. Quintino. Experimente este cinto.

Quintino experimentou, desajeitado, quase deixou cair. Não servia, a cintura do dono antigo era bem mais cheia. O chefe escolheu outro revólver, esse niquelado, cabo de madrepérola quebrado em um canto. O cinto ainda ficava largo, mas não muito.

— Você está muito magro, Quintino. Não davam comida lá na sua roça?

— Eu comia sim senhor.

— Comia o quê?

— Arroz. Feijão. Mandioca. Essas coisas.

— Não comia carne?

— Asveis.

— Com a gente você vai comer carne todo dia. Não tendo de vaca, a gente come de porco. Não tendo porco, come queixada. Não tendo queixada, come tatu. Isso no normal. Quando está correndo dos bodes a gente come o que achar, até bunda de tanajura, ou então faz cruz. Arroz. Feijão. Mandioca. Por isso é que você está franzino. Mandioca só em farinha, pra acompanhar carne-seca ou linguiça. Com a gente você vai engordar. Enquanto não engorda, faz um buraco aí nessa cartucheira pra apertar mais. E vai dar uns tiros pra acostumar com a arma. Mas veja pra que lado atira.

Quintino saiu carregando a cartucheira com as duas mãos, de medo que ela escorregasse pelas pernas abaixo. Um dos homens ajudou-o a tomar a medida e fazer o furo com a ponta do punhal.

— Você tem sorte — disse o ajudante. — Eu estava de olho neste revólver. É colte. Olhe o cavalinho empinado aí no cabo. Beleza de arma. Está é maltratado. Esses bate-paus não sabem dar valor ao que é bom. Se quiser trocar, ainda dou o punhal de volta.

— Por enquanto não. O chefe me deu, vou ficando com ele.

— Olha que punhal tem muita serventia. Asveis a munição acaba e a gente tem que pegar os trelentes no ferro.

— Por enquanto não — repetiu Quintino.

Com o revólver na cintura, a cartucheira cheia, e sem esperança de voltar para a vida de roceiro, Quintino foi tomando o gosto de atirar. E como uma coisa puxa outra, e um homem precisa ter a que se dedicar, foi também aceitando o revólver como substituto da enxada, e apanhando o gosto de limpá-lo por dentro e por fora, e de segurar o cabo dele, especialmente de noite, deixando o calor da mão passar para ele. Enfim, ele tinha uma ferramenta mais delicada do que enxada ou foice. Só faltava a vontade de manejá-la.

Às vezes, deitado no escuro depois de apagado o fogo, ele pensava com remorso nas obrigações que deixara na roça, justamente na quadra da limpeza do milho. O milho já devia estar batendo pela cintura de um homem, e quem seria que estava cuidando dele? O Roque não ia dar conta, era muito descansado. O Ditinho de Rita? O Tomé? Esses eram mais vaqueiros, não tinham prática de roça. Seu Demoste devia estar atrapalhado, xingando Deus e o mundo. É claro que ele Quintino não tinha culpa, do jeito que as coisas aconteceram, ele ser apanhado de manhãzinha a caminho da roça. Seu Demoste devia estar pensando que ele tinha fugido por causa da dívida, nessa altura já tinha dado parte, cabo Torquato devia estar batendo as fazendas com o laço, o rabo-de-tatu e o parabelo para dar tiro no pé do fujão, como fez com o velho Tatá Lopes, que voltou amarrado, com o corpo cortado a chicote e o pé furado a tiro. Não ficou pior do que antes?

Mas por que o remorso, se ele não tinha fugido por querer? Só se fosse por ele estar começando a gostar da vida de bandoleiro. Todos aqueles homens tinham bom cavalo, boa sela, boas armas, viviam brincando e rindo e não precisavam ficar curvados atrás de uma enxada o dia inteiro, corcundas antes do tempo e devendo cada vez mais ao patrão. Parecia que ninguém no bando devia nada ao chefe, só obediência. Ruim mesmo devia ser os combates — ou não? Se fosse, os homens não ficavam relembrando com tantas risadas os apuros que já tinham passado debaixo de fogo.

Ele falou muito a esse respeito com Expedito, que ficou sendo seu instrutor e amigo. Um dia que Expedito contou das horas que tinha passado deitado num brejo, o rosto quase colado na lama, quando ficaram cercados por uma tropa de polícia, Quintino comentou:

— É. Eu cá não dou pra isso. Acho que vou morrer de medo.

— Morre nada. Contado, o diabo parece mais feio. Quando a gente está lá, ouvindo o barulho dos tiros e o assobio das balas, fica muito calmo, e até gostando de ser homem para estar naquele remelexo. Depois, o risco que corre o pau, corre o machado. Polícia também tem medo de bala, e quando as coisas ficam pretas para o lado deles eles correm também. E correm mais do que a gente porque têm família, têm filhos, quero dizer, muitos têm. Nós cá somos sozinhos, se um morrer não faz falta a ninguém. Quer saber de uma coisa? Eles têm mais medo de nós do que nós deles. Pergunte ao Supriano, que foi polícia.

Isso deu um pouco de confiança a Quintino, mas não a ponto de animá-lo a perguntar quantos homens do bando tinham morrido em combate desde que Expedito estava naquela vida; ele já tinha notado que ali não se falava em companheiros mortos como mortos, às vezes alguém mencionava um nome desconhecido para ele, ele deduzia o resto. Talvez isso fosse mais uma superstição, como a de não matar urubu. Convinha não andar perguntando: se ele ia ficar, tinha muito tempo para aprender.

Depois do ataque de surpresa, repelido com o contra-ataque também de surpresa, o bando recolheu as armas e munições deixadas pelo inimigo e viajou um dia inteiro em marcha forçada até o alto da serra do Encosto, de onde poderiam vigiar o terreno caso os perseguidores voltassem com reforço. Aí descansaram uns dias, e quando as provisões foram faltando o chefe decidiu seguir pela crista para o norte e descer na mata dos Borrachudos, onde não faltaria carne fresca nas invernadas vigiadas por dois ou três vaqueiros cada uma. Matariam quantas reses quisessem. Bem alimentados e descansados, voltariam para a zona de cultura, onde o prêmio é maior apesar dos perigos. Enquanto isso os perseguidores já teriam desistido e voltado para suas sedes, como sempre contando mil e uma lorotas, que fizeram e aconteceram, mataram e esfolaram.

Quintino ficou desapontado com a decisão, já estava meio desejando ser batizado como bandoleiro, já sabia atirar razoavelmente e achava que tinha aprendido a não ter medo, agora faltava tirar a prova. E sempre ouvira dizer que nessa mata dos Borrachudos quase não tem morador, e quem entra lá está arriscando a não achar saída. Em todo caso o chefe devia saber o que fazia.

Quando já estavam com meio dia de viagem mata adentro o chefe deu ordem de começarem a marcar o caminho com esfoladuras leves nas cascas das árvores em alturas diferentes, assim facilitavam a orientação na volta e não chamavam a atenção de possíveis perseguidores. No início o estrume dos cavalos não era problema, havia muitos animais entrando e saindo da orla da mata; mas depois que afundaram mais, cada um ficou com a obrigação de observar o seu cavalo para catar o estrume e escondê-lo na folhagem baixa. Sempre que um homem apeava para esse serviço os outros faziam troça, e isso aliviava o sofrimento com o calor, com os mosquitos, os borrachudos e os espinhos.

Pelas quatro da tarde chegaram a um córrego de água muito fria correndo ao pé de uma pedreira. Salvo por alguns arbustos que saíam de fendas aqui e ali, a pedreira era pelada e terminava numa plataforma também pelada. O chefe fez o reconhecimento do terreno e resolveu que pernoitariam ali. Estava escurecendo depressa e podiam não encontrar outro lugar seguro. Tiveram a sorte de matar uma capivara, que além de carne ainda deu banha para ferimentos de bala, cada homem guardou um pouco no vidro que levava na patrona.

Na tarde do segundo dia ouviram latidos de cachorro. O pombeiro voltou informando que pouco adiante havia um rancho onde parecia morar um casal, a mulher era mais para velha, o homem ele não viu, mas viu uma calça pendurada num varal. Em volta do rancho havia plantações de mandioca, milho e feijão, pouca coisa. Atrás do rancho, mantas de carne secavam num jirau alto, e tinha umas cordas de fumo também.

O chefe decidiu que só uma parte do bando iria ao rancho.

— Peguem a carne, o fumo que precisarem, sal e farinha. Não maltratem os velhos. Levem esse menino novato pra ele apanhar desembaraço.

Antônio Epifânio, o Pifa, foi designado para escolher os homens e comandá-los. Objetou que Quintino, com aquela casca de queijeiro, não impunha respeito e podia animar o homem do rancho a fazer alguma proeza.

— Ele vai — decretou o chefe.

Epifânio e mais um homem chegaram na frente, Quintino e mais dois ficaram vigiando a vizinhança. O cachorro latiu e se arrepiou na porta do rancho. A mulher apareceu desconfiada, chupando um cachimbo de barro.

— Oi de casa, dona — disse o Pifa.

— De casa — respondeu ela meio com medo.

— O homem da casa?

— O Miro? Tá no mato tirando embira.

— Vai demorar?

— Capaz quê.

Epifânio olhou para o companheiro e disse a esmo: — Maçada.

— Tem assunto com ele? — indagou a mulher.

— Quem mais vive aqui? — perguntou o Pifa, sem tomar conhecimento da indagação.

— Só nós e Deus.

— Hum. E fazem o quê?

— Vive — disse a mulher dando de ombros. — Não querem desapear?

Os dois desapearam, amarraram os cavalos numa estaca e ficaram sem assunto e sem ação. A mulher perguntou como tinham chegado ali, um lugar onde não ia ninguém.

— A gente zanza muito — disse Epifânio depois de consultar o companheiro com um olhar.

Alguns dos outros devem ter se exposto muito lá na beira da mata porque o cachorro voltou a latir e bufar. A mulher olhou-os assustada, tanta gente chegando no mesmo dia era novidade, e novidade ali só podia ser transtorno. Epifânio aproveitou o susto para desfechar:

— Olhe, dona. Nós somos do bando.

— Bando?

— Capitão Gumercindo Frade. Vamos levar a carne-seca, sal, farinha, açúcar, fumo. O que a senhora tiver que sirva pra gente.

— Valha-me Deus Nossa Senhora!

— Valha a nós todos, dona.

— Não é pra contrariar não, seu Gumercindo, mas farinha não tem, e sal está no finzinho.

— Pra nós, pouco é melhor do que nada.

Epifânio fez sinal para os outros homens, que num instante chegaram. Enquanto uns recolhiam as mantas de carne-seça a velha ia atrás pedindo que não levassem tudo, era a única comida forte que tinham pra entremear com o feijão e a mandioca.

— Deixe de manha, vovó. Tem muito gado aí — disse um.

— Só temos licença de matar duas reses por ano.

— E quem é que vai contar?

— Miro é empregado de confiança. Não pode matar mais.

— Patrão tem obrigação de dar comida. Diz que o bando levou a carne.

— Ele põe na nossa conta. Não podemos com o preço de uma vaca.

Isso comoveu o homem, que devolveu uma manta ao jirau; pensou, devolveu outra.

Sal só tinha mesmo um pouquinho em pedra dentro de uma cabaça, então eles acharam que não valia a pena levar. A farinha era feita pela velha mesmo à medida que iam precisando, uma farinha grossa de mandioca ralada a mão e torrada numa simples laje sobre três pedras no terreiro.

Seguindo a ordem do chefe, Epifânio tirou da patrona um rolinho de notas velhas e entregou à mulher. Ela ficou maravilhada com aquilo na mão, mesmo sabendo, como os homens também sabiam, que as notas não teriam nenhum valor para o casal ali no mato, de onde nunca saía, e tudo o que comprasse tinha de ser comprado do patrão, e não com dinheiro, mas com o salário hipotético. Mas era o falado dinheiro, e bom de pegar, nem que fosse só para sentir o tato. Miro também ia gostar de pegar e apalpar aquilo.

Já sem medo, a velha sugeriu que esperassem enquanto ela fazia um café de fedegoso. Os homens agradeceram, estavam em marcha; mas um deles quis saber com que ela adoçava o café, ela disse que era com garapa de cana batida e torcida; ele desanimou, estava contando pelo menos com um taco de rapadura pra ir roendo pelo caminho, há muito tempo não punha nada doce na boca, a não ser castanha de maria-preta, quando achava.

De novo reunido o bando, Gumercindo comunicou que ficariam mais uns dias na mata, comendo bem, descansando e descansando os cavalos; depois voltariam para a zona povoada, que mata fechada não dá futuro a bandoleiro, só serve mesmo é pra esconderijo.

Tirando o calor e os borrachudos, aqueles dias na mata foram tranquilos. De dia os homens caçavam, de noite depois do chá de raiz ou folha apagavam o fogo e iam dormir sem mais conversa, um olheiro sempre de vigia. Para evitar a preocupação de esconder o cigarro no chapéu, quase não fumavam de noite.

Quintino era o único que não descansava, sendo novo naquela vida estava sempre esperando um ataque, qualquer ruído na mata, que é cheia deles, o deixava de orelha em pé, a mão na coronha, os olhos querendo varar o escuro. Teria o olheiro se distraído no posto? Não seria o caso de acordar os companheiros? Ele se sentia tentado a fazer ruídos disfarçados, tossir, espirrar, atirar gravetos perto de um companheiro para despertá-lo sem assumir a responsabilidade, mas receava que o barulho que fizesse denunciasse o bando ao inimigo. Mais de uma vez pensou em fugir e voltar ao trabalho de roceiro, mais cansativo por um lado porém mais descansado por outro; mas a distância entre pensar e agir era desanimadora: selar o cavalo no escuro, montar sem fazer barulho, encontrar caminho na mata fechada; e mesmo se tivesse sorte em tudo, e não fosse alcançado mais tarde pelo bando, como o receberia o patrão depois de tanto tempo? Melhor ficar. Sozinho por sozinho, o bando oferecia mais camaradagem.

Quintino logo compreendeu por que os homens gostavam de levantar bem cedo: a noite é sempre uma incerteza; quem ataca vem bem acordado e de corpo quente, e por mais garantida que seja a vigilância de um acampamento, sempre pode haver surpresa; já de dia, são elas por elas. Os homens do bando detestavam a noite como meninos que têm medo do escuro, e procuravam apressar o amanhecer se levantando com o azul-chumbado da madrugada.

O acordar era uma alegria. Os homens se levantavam zarros por uma brincadeira, escondiam o chapéu de um, faziam cama de gato para quem ficasse em pé distraído, jogavam uma cobra morta no pescoço de outro. Nessas ocasiões nunca saía briga porque o chefe também participava das brincadeiras, eram uma relaxação para as eventualidades do dia. Mas quando o chefe mandava parar, voltavam a disciplina e o respeito.

O primeiro combate de Quintino aconteceu dois dias depois que saíram da mata. O bando tinha parado ao abrigo de uma grota para assar o almoço de carne-seca, o vigia lá em cima atento para prevenir surpresa. Descansaram cerca de uma hora para assentar a comida, não tinham pressa nem destino definido, a não ser a corrutela de Tanajuras, aglomerado de empalamados que só produzia arroz, feijão, mandioca, milho, abóbora e uns poucos porcos, lugar onde nem comércio havia porque ninguém comprava nada, todo mundo andava esmolambado ou vestindo algodão tecido em casa, o sal e o açúcar eram trocados por leitões na vila de Barreado, a doze léguas de distância. Mas em Tanajuras o bando podia passar um ou dois dias comendo comida feita por mulher, dando milho aos cavalos e dormindo em colchão, talvez até acompanhados se calhasse — os homens não eram problema, tinham tanto medo do bando que a maioria sumia de vista logo que ele chegava.

O bando tinha deixado a grota e tomado uma picada, e ainda na modorra da digestão entrou num capão de mato. Quando iam atravessando um córrego com água pelo meio da canela dos animais, os que iam na frente ouviram o barulho do engatilhar de armas e viram qualquer coisa se mexendo nas moitas do barranco à direita.

— É tocaia, gente! — gritou uma voz. — Espalhar!

Os homens escorregaram dos cavalos, usando-os como escudos, já debaixo de fogo. E como obedecendo a uma ordem, uns desceram o riacho, que fazia volta logo adiante, outros o subiram. Dois cavalos foram baleados e caíram estrebuchando e relinchando na corrente.

A emboscada fora armada em lugar impróprio porque só havia barranco de um lado, e os atacantes logo se viram visados pelo fogo dos homens que haviam descido o rio, voltado e se abrigado atrás de árvores. Não demorou muito e o fogo do barranco cessou, sinal de que a outra parte do bando começava a fechar o alicate.

Os atacantes tentaram escapar descendo o barranco e atravessando o rio, mas foram perseguidos.

Vendo-se perdidos se espalharam, e o combate se travou em campo aberto.

Por sorte de Quintino, ele ficara perto do chefe, e procurava fazer o que ele fazia, o que às vezes era difícil porque todo mundo estava deitado de borco, sumido atrás de moitas ou do capim alto. Toda vez que Quintino levantava a cabeça para ver se os companheiros ainda estavam perto, uma bala passava assoviando fino. Com medo de ser apanhado por uma delas, ele jurava não olhar mais; mas o medo de ficar sozinho era mais forte, e ele olhava de novo — e recebia nova advertência. Finalmente compreendeu que estava ali era para procurar o inimigo, e não os companheiros. Daí por diante passou a prestar atenção na direção de onde vinham os tiros, e atirar para lá.

Quando o chefe gritou um a um os nomes dos companheiros, e cada um respondeu com um grito curto para indicar que estava inteiro, Quintino ouviu o chamado mas não percebeu, tão atento estava ao combate, só na segunda vez respondeu.

Escasseados os tiros inimigos, o chefe deu ordem de avançar. O bando avançou agachado, Quintino se esqueceu da recomendação e quase leva um tiro na cabeça, a bala passou ventando macio rente do chapéu. Ele depressa se agachou, mas antes percebeu de onde tinha vindo o tiro, e marcou o rumo e a distância. Mais adiante virou-se um pouco para um lado porque o tiro tinha vindo de detrás de uma árvore. Depois de andar uns passos em diagonal parou, deitou-se e procurou enxergar por entre o capim, mexendo-se com jeito para não chamar atenção. Quando finalmente encontrou posição, apontou e fez fogo. O homem soltou um grito e desapareceu para baixo. Era o primeiro que Quintino via cair com um tiro seu. A princípio ficou orgulhoso, depois meio com remorso porque teve a impressão de ter visto a cara do homem num átimo, uma cara de espanto, dor e medo.

Outros tiros foram ouvidos à esquerda, à direita, depois cessaram. Enquanto não vinha nenhuma outra ordem Quintino ficou deitado, agora com raiva do homem que acabara de acertar, mas mesmo assim aproveitou para completar a carga do revólver. A cápsula ainda quente queimou-lhe os dedos quando ele quis retirar os cartuchos vazios sem descarregar todo o tambor, erro próprio de novato; mas era uma queimadurinha à toa, e na mão esquerda, que não puxa gatilho.

Engraçado: e o medo? Fora exatamente como o Pifa e outros disseram, que no meio do fogo a pessoa não tem tempo de sentir medo. Será que viria depois? Parecia que não. O que ele sentia agora era bem o contrário de medo, era uma palpitação de coragem e valentia que o deixava até envergonhado de estar lembrando de medo.

O chefe deu ordem de avançar, os homens se levantaram e avançaram prudentes pelo capinzal, Quintino avançou agachado e se atrasou. Se reuniram numa clareira onde havia uma árvore caída. O chefe deu um balanço no bando, só faltava Quintino. Seria quê? Mas para morrer naquela brincadeirinha era preciso ser pateta demais. Em todo caso, mandou o Pifa ver se achava o faltante; podia estar só ferido.

Antes que o Pifa se afastasse do bando, Quintino surgiu do capinzal, ainda agachado.

— Tá cercando galinha, rapaz? — disse um baixinho atarracado chamado Torquato, apelidado de Turuca.

Todos riram, e quando acabaram de rir o chefe falou: — Antes errar por sobra do que por falta. Agora vamos ver o que aconteceu com os Anastácios.

Nesta lição Quintino aprendeu que bandoleiro não enterra morto inimigo, deixa isso para os companheiros deles, que não têm muito o que fazer; que bandoleiro dá água aos feridos e só mata aqueles que imploram para serem livrados do sofrimento; e que toda arma e munição inimiga que não interessa levar deve ser enterrada em lugar seco para o caso de precisarem depois.

Reunidos os cavalos que haviam se espalhado com o tiroteio, o bando tocou para o esconderijo mais perto, o da serra do Beija-Flor, uma fazendola decadente de um velho muito amigo deles chamado Horácio Cuiabano, a bons dois dias de viagem de onde estavam, levando em conta haver dois homens a pé. Para não atrasarem — a força volante poderia se reorganizar e voltar com reforços — o chefe resolveu que não iam parar nem para comer, a única parada seria feita de noite para descansar os animais; de dia comeriam lascas de carne-seca enquanto viajavam.

Não estando acostumado com essas marchas, quando o bando se diluía em grupos de dois ou três, que seguiam por picadas diferentes para não chamar a atenção de pombeiros, Quintino passou muito medo nesses dois dias. Se o grupo dele, que só tinha mais Olho-de-Cobra e João Adorno, fosse cercado por uma volante, seria morte certa para os três, tanto mais porque João Adorno cismava em separá-los, mandando que cada homem guardasse grande distância dos outros. Sozinho no mundo, e sem prática, Quintino viajava tenso, ligado para todos os ruídos que vinham dos dois lados da picada, a mão sempre no cabo do revólver. Se ele soubesse onde estava, era hora de mandar tudo às favas e voltar para seu Demoste. Mas para que lado ficava a Coruquirinha? E a quantos dias de viagem? E se ele fosse apanhado pela volante no caminho? Não tinha jeito mesmo, era melhor se conformar.

Finalmente se reuniram no lugar combinado, e foi um alívio. Quando o chefe mandou chamá-lo, Quintino já tinha recuperado a euforia.

— Os homens estão dizendo que você tem muita sorte, e está dando sorte ao bando. Pode ser que sim, pode ser que não. Se for, fico agradecido, porque sorte ninguém enjeita. Mas não confie demais. Essa última foi fácil, mas nem todas vão ser assim. Não esqueça de nada que o Pifa lhe ensinar. Ele tem muito traquejo. Pode ir.

Esse puxão de rédea não abalou Quintino. Ele tinha passado pelo primeiro combate, e de tocaia, que são os piores, sem sofrer um arranhão. Ele era o mais moço do bando, e se sentia no alto. Tinha sorte sim, e também coragem e manha. Ninguém tinha ensinado aquela treta de contornar a árvore e pegar a volante de surpresa. E não foi o chefe mesmo que ensinou que a pessoa fazendo de conta que já morreu tudo fica mais fácil? Aquele menino criado no cabo da enxada e da foice na Coruquirinha não tinha mais nada a ver com ele.

Quintino encolhido nos baixeiros suados, tentando amansar os tumultos da nova vida, o homem chegou. Chegou, não; apareceu. Ficou em pé diante dele, um braço esticado para o lado, a mão apoiada no barranco, uma perna cruzada diante da outra, só a ponta do pé tocando o chão. Não estava vestido, nem nu. Era um homem parado olhando, sem malícia, sem interesse, olhando. Quintino reconheceu logo: tinha visto aquele homem caído ao pé da árvore, uma perna dobrada para trás, numa posição difícil de ser imitada.

Quintino quis pegar o revólver, a mão não obedeceu. Quis gritar para acordar os outros, a voz não saiu. A calma do homem era mau sinal, podia significar que os outros já tinham sido despachados, e que agora era a vez dele. Talvez já estivesse ferido e nas últimas, sem ação e sem voz. Então fosse o que Deus quisesse. Só desejava que o homem o deixasse morrer sossegado.

Para evitar o olhar cortante do outro, Quintino tentou virar o rosto, e nem isso conseguiu: estava condenado a morrer diante do olhar vingativo.

Então por que não morria? Parecia que o homem segurava a vida dele com os olhos para que a agonia fosse demorada. Que ficasse olhando, e gozasse a vingança. Quintino fechou os olhos, não adiantou: o homem estava sempre lá. É? Azar. Não vou chorar nem implorar. Fiz o que precisava fazer. Agora estou pagando, pago. Ou quem sabe não?

Reunindo todas as forças, ele conseguiu dar um safanão e um grito, e jogar para um lado o pesado galho seco que os companheiros tinham posto em cima dele. Ouviu risos abafados no escuro, e compreendeu; e para não passar recibo, apenas enxugou o rosto com as mangas, virou-se para o lado, deu um suspiro e fingiu estar dormindo.

Os risos continuaram, agora misturados com comentários em voz baixa, mas ele não prestou atenção; estava preocupado com o sonho e queria entendê-lo; e quando chegou a hora de se levantarem, ele ainda não tinha dormido.

Os homens não tocaram no assunto da brincadeira, talvez receando enfezá-lo — ninguém gosta de ser visto no momento em que todas as porteiras de dentro estão abertas. Mas quando já em marcha, o Pifa encostou o cavalo ao de Quintino, enxugou a testa, falou do calor e disse casualmente:

— Você resmungou e gemeu um pedaço essa noite. A carne crua fez mal?

Quintino olhou para o companheiro sondando, querendo descobrir quanto ele sabia. Nada conseguindo, disse:

— Desconfio. Custou a assentar.

— Nesses casos mastiga casca de quina. Conserta logo. Se precisar de novo, eu sempre carrego um pouco na patrona.

Quina era santo remédio para o estômago, mas será que servia também para apagar certas imagens da memória?

Chegaram ao Cuiabano à tardinha, e foram recebidos com requintes. Quintino ficou admirado de ver o chefe beijar a mão do dono da casa, um homem valente e famoso como Gumercindo Frade beijando a mão de um porqueirinha empalamado como aquele Horácio Cuiabano. Só se o Cuiabano era padrasto, padrinho, tio de Gumercindo; mas se fosse, algum dos homens teria informado para evitar rata. A vida de bandoleiro também tem seus mistérios.

O Cuiabano mandou assar leitões e frangos, fazer uma panelada de arroz com pequi, muita farofa; e enquanto esperavam o jantar ficar pronto, serviu a todos uma pinguinha cheirosa e fortíssima, daquela que despejada num prato e tocada com um graveto ou palha acesa solta uma leve chama azulada. Todos beberam porque os homens do Cuiabano cuidariam da vigilância, o bando estava ali para descansar.

De noite, depois do banquete, Gumercindo e o Cuiabano se fecharam em um cômodo da casa e ficaram horas conversando à luz de um candeeiro de azeite. Quintino esperou que o Pifa o instruísse nesse capítulo também, mas o Pifa nem tocou no assunto, e ele não fez perguntas. Com certeza aquilo não fazia parte do treinamento.

O descanso nessa fazendola perdida nas dobras da serra do Beija-Flor, lugar escuro, de chão acinzentado sem futuro, durou vários dias, e apesar da feiura e tristeza de tudo Quintino acabou gostando. Vendo os empregados do Cuiabano trabalharem duro na terra sovina ele chegou a pensar no bom que talvez fosse se desligar do bando e ficar ali, plantando milho e feijão, mandioca e batata, trabalho que sabia fazer e achava que fazia bem, em vez de andar por aí se gastando em correrias e matando gente que ele nem conhecia.

Naqueles dias de nada que fazer Quintino zanzou pela propriedade procurando conversa com os trabalhadores, principalmente os da lavoura, e acabou se conformando em olhar apenas, porque sempre que se aproximava de um ou de um grupo a reação deles era de ressabiamento, a conversa pouco passava da saudação, respondida com voz sumida e de cabeça baixa, daí para diante era só não-senhor, não-sei-não-senhor, é-sim-senhor. Finalmente ele compreendeu que aquela aparente má vontade era apenas medo, o medo que a gente simples da roça tinha de homens que, mesmo se vestindo e falando quase como eles, escolheram viver manejando armas de fogo, e aceitando todas as consequências dessa escolha. Quintino tinha passado de roceiro a bandoleiro, e agora via que não podia voltar.

Foi nesse descanso na serra do Beija-Flor que ele teve uma briga com Cirilo Conde, de apelido o Teiú por ser bicudo e meio surdo, por isso nunca era designado para serviço de vigilância.

A briga nasceu de uma brincadeira boba, dessas que homens acostumados à atividade fazem quando parados muito tempo. Quintino, o Teiú e outros estavam reunidos debaixo de um abrigo de folhas de buriti nos fundos da casa, fumando, cuspindo e espantando mosquitos, quando o Teiú encheu a boca de farinha tirada da patrona, chegou perto de Quintino e por sinais pediu que lhe apalpasse a barriga, dando a entender que estava empanzinado ou coisa assim. Muito prestativo, Quintino atendeu — e recebeu uma explosão de farripas brancas no rosto. É claro que houve gargalhadas, os homens estavam precisando de uma distração.

Quintino limpou o rosto, espanou os cabelos, piscou muito para se livrar da farinha nos olhos, o tempo todo resmungando. Quando conseguiu abrir os olhos, viu Cirilo diante dele dobrado para trás numa gargalhada. Quando Cirilo voltou ao equilíbrio, Quintino disse alto:

— Olhe aí, gente. Já viram tiú rir? Aproveitem que não acontece todo dia.

Dessa vez ninguém riu. Uns tossiram, outros olharam para o chão, mas com a atenção voltada para aqueles dois, como quem espera o estouro de uma bomba já lançada. Outros, apanhados de surpresa, ficaram paralisados como estavam. Era a primeira vez que alguém chamava Cirilo Conde pelo apelido cara a cara e em voz alta e clara.

Cirilo fechou a cara, bufando, os dentes e os punhos cerrados. Quando conseguiu falar, desafiou:

— Você não repete. Quero ver repetir, desgraçado.

O próprio Quintino se assustou com a reação. Quem principia brinquedo bruto não tem o direito de se zangar. Talvez, se Cirilo não tivesse acrescentado o xingamento, ele fizesse corpo mole para não agravar a situação. Mas o desgraçado dito com raiva picou-o, e ele deu o passo à frente.

— Tiú. É tiú mesmo.

Os dois puxaram os revólveres ao mesmo tempo, e se não houvesse tanta gente perto para se intrometer no momento certo é muito provável que o bando tivesse sofrido duas baixas naquele dia. Os dois foram separados e desarmados, e o caso acabou chegando aos ouvidos do chefe. O chefe ouviu tudo calado, depois perguntou se algum dos dois tinha mostrado medo. Informado de que não, insistiu:

— Aquele menino novato não teve medo?

— Nem um tico — garantiu o informante.

— Estou satisfeito. Agora mande os dois aqui.

Quintino e Cirilo Conde ouviram juntos uma repreensão exageradamente enérgica e ficaram sabendo que se um deles morresse pelas mãos do outro o sobrevivente se arrependeria pelo resto da vida. E deu a entender qual seria o castigo:

— Vai ficar falando fino o resto da vida. Não quero brigas no bando. Temos que ser uma família unida. Entenderam?

Cada um disse que sim em voz sumida, e julgando a entrevista encerrada se preparavam para sair.

— Acabou não — disse o chefe. — Ainda falta uma formalidade. Você que é o mais novo, Quintino, ajoelhe nos pés dele e peça perdão.

Quintino hesitou, fechou os olhos, ajoelhou e murmurou qualquer coisa.

— Mais alto. Fale mais alto — disse o chefe.

Quintino engoliu em seco, obedeceu.

— Agora levante Quintino e ajoelhe Cirilo.

Cirilo arregalou os olhos. — Eu?

— Tem mais alguém aqui além de nós três? Se não tem, é você mesmo.

Cirilo suspirou, obedeceu.

— Podem ir. Já sabem qual é a escrita.

Ciente de que as longas paradas acabavam afetando os nervos dos homens, Gumercindo deu ordem de prepararem a partida para o dia seguinte. Naquela febre de pegar e raspar cavalos, dar milho, examinar os cascos, limpar e engraxar as armas, verificar as selas, engraxar os loros, renovar o estoque de mezinhas, os homens recuperaram a alegria, voltaram às brincadeiras leves, de provocar risos sem ofender, e o constrangimento entre Quintino e Cirilo passou a segundo plano. Horácio Cuiabano ofereceu um jantar especial ao bando, o jantar se esticou numa festa com sanfona e viola, e mais teria durado se Gumercindo não encerrasse a função mandando todo mundo se recolher, enquanto ele mesmo se fechava com o Cuiabano para mais uma conferência.

Se alguém olhasse pelo buraco da fechadura veria o Cuiabano tirar uns papéis de dentro de uma canastra trancada a chave e passá-los a Gumercindo. Gumercindo chegou com eles bem perto do candeeiro, leu com calma, fez perguntas; o Cuiabano explicou solícito, olhando muito para a cara de Gumercindo. Gumercindo coçava a cabeça, passava e repassava os papéis, fazia mais perguntas, o Cuiabano explicava e procurava conduzir Gumercindo para a mesinha onde estava o tinteiro com a pena. Por fim Gumercindo deu de ombros, falou com o Cuiabano sacudindo o dedo bem perto do nariz dele, numa atitude muito diferente daquela de beijar mão; depois sentou-se, pegou a pena, e antes de assinar ainda fez uma advertência com a caneta apontada para o Cuiabano. Assinou e levantou-se, largando os papéis na mesa. O Cuiabano quis esticar conversa, Gumercindo caminhou para a porta e foi saindo.

No dia seguinte saíram cedo, assistidos pelo Cuiabano e uns empregados. Fechada a porteira atrás do bando, o Cuiabano ainda ficou muito tempo debruçado na cerca, acompanhando os vultos dos homens com o olhar até se sumirem na baixada e no lusco-fusco da madrugada. Depois deu um suspiro, mas não de tristeza, e foi passar mais uma vista nos papéis que levavam a assinatura de Gumercindo Frade.

No princípio da tarde o bando caiu numa cilada de forças policiais muito bem equipadas. Os tiros partiram dos dois lados de uma passagem estreita entre dois barrancos altos, lugar onde o bando não entraria sem muita precaução se não ficasse tão perto da fazenda do Cuiabano.

Os primeiros disparos derrubaram muitos homens antes que eles compreendessem o que acontecia. Outros, cujos cavalos dispararam, conseguiram escapar do fogo grosso apenas para serem atingidos mais adiante. Os atacantes atiravam e gritavam, e no bando ninguém se entendia, ninguém dava ordem, era um atordoamento geral misturado com relinchos de cavalos empinados, cavalos caindo feridos, cavalos estrebuchando, homens xingando e invocando santos, feridos gemendo, imprecações dos que não conseguiam manobrar na passagem atravancada.

Vendo aí uma oportunidade de agarrar alguns sobreviventes para levá-los vivos, os atacantes desceram rápido dos barrancos, e isso salvou alguns homens do bando. Quando os tiros cessaram, uns poucos conseguiram escapulir a pé, cada um por si, pelo mato ralo adiante da passagem atocaiada, e como estavam descansados e bem alimentados logo abriram grande distância dos perseguidores. Longe ficava a mata do Gravataí, e instintivamente esses poucos sobreviventes rumaram para lá, calculando que os soldados iam estar muito ocupados cortando as cabeças dos mortos, maltratando os prisioneiros, festejando o desmantelamento do bando já por conta das vantagens que iriam receber.

No terceiro dia da fuga três homens se encontraram na mata, primeiro dois, depois mais um. Eram eles Quintino Jerônimo Júlio, Cipriano Bandeira Mendes e Cirilo José Conde, o Teiú. O encontro de Quintino com Cipriano foi tranquilo. Quintino tinha caído exausto no pé de uma paineira enleada de cipó-imbé e entregado o corpo ao sono, sem somar com mais nada. O mais importante para ele no momento era dormir, o resto que se danasse.

Encontrando os amassados ainda frescos, Cipriano foi seguindo por eles para poupar trabalho, e a trilha o levou à paineira. Contente por ter encontrado o companheiro quando já se considerava talvez o único sobrevivente, Cipriano sacudiu-o aos berros. Quintino apenas ressonou e se virou na cama de folhas. Estaria morto? Alarmado, Cipriano ajoelhou-se ao lado do companheiro, examinou-o e se acalmou. O aspecto era lamentável, mas morto ele não estava, podia-se ver pela respiração regular que enchia e murchava o peito magro entrevisto nos vãos da camisa esfarrapada. Ferido também não estava, pelo menos não se notava mancha de sangue.

Agora os dois podiam tentar juntos a salvação, e para começar Cipriano ficaria de vigia o máximo que aguentasse, ele também estava caindo de sono; mas não ia dormir sem antes acordar o outro.

A mata estava em festa àquela hora do dia. Ruídos misturados, difíceis de separar — pássaros piando, martelando, grasnando, chupando, tinindo; folhas e ramos vibrando, galhos e cipós rangendo, gemendo; e envolvendo tudo, aquela luz amarelada coando-se pelos vãos das folhas e lançando varas transparentes por onde subiam e desciam milhões de partículas coloridas e insetos muitos. Cipriano acendeu um cigarro e ficou admirado de ver quanta fumaça ele soltava e como ela subia certinho pelas réstias de luz, como se alguma coisa lá em cima a chupasse. Uma cobra enorme deslizou ao longo de um galho a uns dois metros de distância. Cipriano puxou o revólver e ficou espiando a cobra, só atiraria se ela pendesse para o lado deles. Como adivinhando, ela continuou pelo galho afora até a ponta mais distante e desapareceu na folhagem.

Quando achou que Quintino já havia dormido bastante, Cipriano resolveu acordá-lo. Mas primeiro retirou os dois revólveres do companheiro por precaução. Da primeira vez ele se esquecera, mas não ia correr o mesmo risco novamente. Quando tentava tirar o revólver do lado esquerdo, que se prendera na capa devido à posição meio virada do corpo, Quintino acordou. Acordou e encolheu as pernas para se levantar, a mão direita já catando o revólver desse lado.

— É eu, Quim — disse Cipriano sem soltar o cabo do revólver.

Quintino deixou as pernas escorregarem, levou o braço direito à testa, acabou de acordar.

— Oxa! Pensei que... Oxa! Me assustei mesmo.

— Calculei. Por isso tirei o seu revólver. Toma.

Quintino pegou o revólver, custou a encaixá-lo na capa. A mão tremia, as pernas também.

— Chegou agora?

— Faz um tempão.

— É, é? Que perigo. Se fosse um deles...

Os dois sentaram-se na folhagem amassada, ficaram algum tempo calados.

— Que desgraceira, Supriano. Que desgraceira — disse Quintino por fim. — Quem mais escapou?

— Sei não. Pensei que era só eu.

Novo silêncio, os dois pensando, ou querendo pensar.

— E o chefe? — perguntou Quintino.

— Sei dizer não. Ele ia na frente com o Pifa. O Pifa eu vi cair.

— Que desgraceira. Não entendi nada. Ninguém de nós deu um tiro. Você deu?

— De que jeito! Não tive tempo. Só pensei em fugir. Quer saber de uma coisa? Acho que só nós dois escapamos. Foi um milagre. Foi Nossa Senhora do Perpétuo Socorro. Quando vi tudo perdido, pensei nela. E você?

Quintino não respondeu, estava pensando. Provocado segunda vez, acordou.

— Eu? Pra falar verdade, não pensei em santo nenhum, não lembrei. Nem sei como foi que fiquei a pé. Só sentia as pernas mexendo na corrida, o coração batendo quase na boca. Que desgraceira, Supriano. O bando inteiro espatifado de uma hora pra outra.

— Foi milagre. Me salvei por milagre. Logo que puder, vou a Andorinhã deixar uma prenda no altar dela.

Cipriano puxou para fora da camisa um bentinho de lã muito endurecido de suor que levava no pescoço, e beijou.

Em cima um bando de maritacas explodiu em algazarra, eles não prestaram atenção. Logo um bando de sonhins se assustou com qualquer coisa e espirrou em gritaria para todos os lados, e dessa vez Cipriano e Quintino também se assustaram: rapidamente se disfarçaram na folhagem e ficaram escutando já de arma na mão. Não demorou muito e ouviram passos abafados e barulho de gravetos se quebrando. Podia ser uma rês desgarrada, mas convinha não cochilar.

Os passos se aproximaram, depois desviaram. Cipriano fez sinal a Quintino para esperar ali e saiu negaciando por entre a folhagem, confundindo-se com ela num harmonioso torcer de corpo como faz todo bom mateiro. Depois de andar assim uns vinte metros notou que os passos a sua frente pararam. Ele parou também, e escutou. Os passos prosseguiram, ele deu um prazo e continuou a segui-los, procurando encurtar a distância. Quem ia na frente soltou um ai repentino seguido de uma praga. Cipriano reconheceu a voz.

— Cirilo. Ô Cirilo!

— Quem é?

Cipriano ouviu o estalo do armar de cão de arma para tiro rápido.

— Atira não, Cirilo. Sou eu, Supriano.

Após um curto silêncio o outro falou: — Mostre a cara que eu quero ver — e mudou rápido de posição, dando um pulo para um lado e se agachando.

— Eu vou aí. Mas desarma o revólver. Ele pode disparar.

Cirilo não respondeu. A voz era de Cipriano, mas quem não se precata se achata.

O mato se abriu na frente de Cirilo, ele viu Cipriano mas não foi visto logo, e deixou que o outro o procurasse. Quando Cipriano ia tomando outro rumo, Cirilo ergueu-se e disse:

— E se eu fosse uma cobra, hein?

— E se eu fosse um bode... Eu vinha seguindo seus passos.

Cirilo guardou o revólver e sacudiu a cabeça.

— Caímos na boca do lobo. Nem sei como escapei. Foi milagre. Eu só via companheiro caindo. Que mortandade! Como foi que você escapou?

— Eu sei? Às vezes duvido que estou vivo. Acho que quem está andando por aí é minha alma.

— Não brinca. Alma não fala.

— É. Nossa Senhora do Perpétuo Socorro me valeu. Quem foi que você viu cair?

— Muitos. O Expedito. O Pifa. O Matraca. Mão-de-Onça. Boi Barroso. Pensei que tinha visto você também. E aquele porqueirinha que brigou comigo.

— O Quim? Esse não. Parece que tem o corpo fechado.

— Como é que você sabe?

— Ele está ali atrás.

— Escapou? Uai. Eu vi ele cair. Está ferido?

— Tá sãozinho. Vamos pra lá. Vocês não vão querer brigar agora, não é?

— Por mim não.

Enquanto voltavam para onde estava Quintino eles iam comentando o desastre. Nenhum dos dois sabia dizer se Gumercindo tinha caído; mas se ele ia na frente com o Pifa, e os dois ali tinham quase certeza que o Pifa fora acertado, era impossível Gumercindo ter escapado. Era bala demais chovendo dos dois lados para um cair e o outro não. Mas no fim os dois já achavam que alguém mais devia ter escapado, agora que já eram três, e cada um pensando que era o único. E Gumercindo, que já tinha conseguido sair de tanta situação preta, podia ter saído de mais essa.

Sentados no chão, num abrigo formado de troncos, cipós e trepadeiras, e dando um balanço nos arranhões, machucados e espetadas sofridos por cada um, eles armaram a teoria de que umas pessoas morrem fácil, outras são bem protegidas. Quintino lembrou a história de um moço forte que apareceu na Coruquirinha pedindo trabalho. Seu Demoste deu um pasto pra ele roçar. No primeiro dia o homem pisou num caco de garrafa, o pé começou logo a inchar. De noite, com o pé já enorme, ensinaram ele a queimar com toucinho quente. Ele experimentou, não adiantou. De manhã o inchaço subia pela perna, ele nem pôde levantar, foi piorando, de tarde já variava, de noite não deixou ninguém dormir. Pra encurtar, ele morreu daquilo. Morreu num banguê a caminho da vila. Só porque cortou o pé num caco de garrafa.

Cipriano contou o caso de um menino conhecido dele no norte que levou um coice de égua velha, um coicinho à toa desses que um animal dá de lado para espantar quem chega perto quando ele está de veneta, e não é que o menino caiu desmaiado e não acordou mais?

O Teiú, que era o mais velho do grupo, e tinha andado em outros bandos antes de entrar para o de Gumercindo, falou de homens que ele viu chegarem para um bando cheios de rompantes, dizendo que fizeram e aconteceram, e no primeiro combatinho de esquentar corpo caírem sem dar um tiro.

— Enquanto uns têm uma espécie de aceiro contra bala em volta do corpo, outros parece que atraem bala, como tesoura atrai agulha. Este pexote aqui tem aceiro — concluiu o Teiú apontando para Quintino.

Cipriano gostou da maneira quase afetuosa de Cirilo dizer isso, e concluiu que não precisava mais ficar vigiando os dois ex-inimigos.

Depois eles passaram ao assunto prático de providenciar comida. Nenhum dos três tinha nada na patrona que servisse para mastigar, e a ideia de comer maritaca assada repugnava. Mas no último caso, havia maritaca ali para empanturrar um batalhão; e eles nem precisavam se levantar de onde estavam para apanhá-las. O debate sobre o rumo a tomar viria depois, quando já estivessem com o estômago apaziguado.

Na vila de Três Alferes, zona de garimpo, havia um destacamento de um cabo e dois soldados, mandados para acabar com as constantes desavenças entre garimpeiros. O cabo logo se apaixonou por uma mulher que detestava soldado, por motivo lá dela, e vivia permanentemente bêbedo e provocando arruaças, de modo que o peso do policiamento recaiu sobre os dois soldados. Um dia apareceu lá um tipo moreno franzino vendendo uns xibius, vendeu e foi ficando, desinteressado de voltar ao garimpo. Quando o dinheirinho acabou ele já estava firmado como consertador e negociante de armas de segunda mão. Se alguém lhe perguntava onde ele aprendera a conhecer armas tão bem, ele dizia que servira no exército, e o perguntador se dava por satisfeito.

Quando essa última informação se espalhou, os soldados do destacamento passaram a respeitá-lo ainda mais, talvez achando que um ex-soldado do exército vale mais do que dois de polícia.

O garimpo dava muitos problemas, e sendo o cabo aquela inutilidade, e estando aquele ex-colega ali o tempo todo, sempre pronto a ajudar e aconselhar, acontece que aos poucos, sem que houvesse intenção nem de um nem de outro lado, o comando efetivo do destacamento passou ao armeiro. Ele só não sabia era redigir as partes ao comando central, isso era feito mais ou menos pelo soldado Catulino, o único que tinha alguma prática em manejo de caneta e de vez em quando era visto sentado na porta da cadeia com um livro aberto nas mãos.

Um dia, ou por uma questão de rotina ou porque a fama de cabo Eudóxio tivesse varado a distância por via outra que não o correio mensal, chegou a Três Alferes um cabo Agostinho, com ordem de assumir o comando e mandar cabo Eudóxio se apresentar à sede do batalhão pelo primeiro transporte.

O armeiro pensou que agora podia descansar da maçada do destacamento, mas não foi o que aconteceu. Cabo Agostinho também não era homem de se esfalfar, e vendo a situação muito bem controlada pelo armeiro achou que podia aproveitar melhor o tempo tentando a sorte no garimpo. Arranjou uma picareta, pá e peneira e se mandou para as barrancas do rio. O armeiro se conformou e continuou nas funções de comandante mas sem sair de sua oficina porque o negócio de armas estava aumentando e ele tinha acanhamento de transacionar na cadeia.

Isso contentou a todos, porque o armeiro-delegado não abusava de sua autoridade, não bebia, não se metia em brigas a não ser para manter a ordem, era honesto em seus negócios, e era respeitado. Os homens avulsos se queixavam da falta de mulheres em Três Alferes, mas não o armeiro. Mulher era assunto que não entrava em suas conversas e parece que nem em suas preocupações, até que apareceu lá um mascate velho com um burrico carregado de quinquilharias e panos e uma mocinha clara de quebra. Acamparam debaixo de um angico perto do rio e lá mesmo expuseram suas mercadorias.

O armeiro foi ver se eles traziam munição, artigo sempre escasso no garimpo, mas o estoque era só de espelhos, pentes, sabonetes, brilhantina, camisas de meia, alfinetes, cortes de brim, chita, panos outros, tubos de aspirina, vidros de xarope — coisas inocentes. O armeiro comprou um pente e um pote de brilhantina, de que aliás não precisava: pente já tinha, e brilhantina achava que era coisa de pelintra; só comprou porque a moça ofereceu e ele não tinha prática de tratar com mulher.

Ela sorriu maliciosa enquanto remexia na patrona à procura de troco, parece que demorando de propósito. Ainda remexendo na patrona, ela olhou para o armeiro e sorriu. Ele sentiu uma coisa esquisita, um formigamento nas orelhas e um suor frio nas mãos. Finalmente ela entregou o troco, que ele guardou depressa sem olhar. Ela puxou conversa:

— Que mal pergunte, qual é a sua graça?

— A minha? Quintino.

— É natural daqui?

— Eu? Não.

— De onde?

— De muito longe.

— Ah. É garimpeiro também?

O mascate interrompeu a conversa gritando lá detrás da barraca:

— Geralda! A água está fervendo!

— Já vou! — ela gritou. — Até outra vista — disse para o armeiro, afastou-se uns poucos passos, parou. — Não quer esperar o café? Eu faço num instante.

Quintino disse que não e saiu depressa, sabendo que não era isso que queria dizer. Depois de andar um pouco, e restabelecido o equilíbrio interno, pensou em voltar; mas não sabendo como justificar a mudança de ideia, achou mais fácil continuar andando.

O resto do dia ficou estragado para ele. Na cadeia se irritou com o soldado Aniceto, que insistia em vender-lhe uma garrucha de dois canos com um cão quebrado, e acabou mandando o soldado jogar a garrucha no monturo. O soldado se ofendeu e falou sério:

— Fale assim comigo não. Respeite a farda.

Quintino foi além, e mandou o soldado enfiar a farda. Emendando o desaforo, o soldado respondeu:

— Só se for no seu,

e esperou a reação, plantado diante de Quintino com as pernas meio abertas, o braço esquerdo caído e a mão direita a meio caminho da cintura; mas Quintino não ouviu, ou não avaliou a réplica, estava de novo pensando no café que não aceitara por burrice, acanhamento, falta de traquejo. Procurava um pretexto para voltar ao acampamento do mascate, não achava. De repente lhe ocorreu dizer que perdera o pente. Ficou alegre e até sorriu para o Aniceto, que não entendeu nada do que se passava e ficou com cara de bobo olhando Quintino sair leve, quase correndo.

Mas espere. Não convinha voltar ao acampamento no mesmo dia; dava na vista. Ficava para o dia seguinte, e não muito cedo, afinal pente não é compra tão urgente. Difícil era esperar. Felizmente ele tinha uma espingarda para desentupir e limpar, mataria o tempo trabalhando nela.

O dono explicara que a espingarda estava entupida há muito tempo, ele carregara o cartucho com pouca pólvora e o tiro não saíra, as buchas com o chumbo ficaram no cano, ele tentara empurrá-los com a vareta mas só conseguira socar ainda mais a massa.

Quintino pegou a espingarda, abriu-a na junta, experimentou desentupir com a vareta, o bolo não cedia nem para um lado nem para o outro, nem batendo com o martelo: a vareta entortava mas não avançava. Então era o caso de usar a vareta de saca-rolha para ir esgarçando o bolo. Procurou a vareta entre os apetrechos da oficina, não achou — e estava cansado de vê-la quando não precisava. Quando deu fé, viu-se parado no meio da oficina com as mãos na cintura pensando na filha do mascate. Chamava-se Geralda, nome nem bonito nem feio quando pensado separado, mas nela ficava bonito, é a pessoa quem faz o nome. Como era mesmo o rosto dela, as feições? Ele não conseguia lembrar. Diacho de oficina, tudo some, parece que cria pernas, ou asas.

Quando sentou no tamborete para raciocinar, sentiu qualquer coisa o desequilibrando. Olhou, era a vareta. Apalpou a ponta para experimentar o corte da rosca, estava bom. Chato seria se quando ele chegasse ao acampamento, Geralda estivesse ocupada, ou ausente, e ele tivesse de tratar com o velho... Não dá não. A vareta é curta, sobra pouco cabo para se poder torcer firme, o tiro empacou mais ou menos no meio do cano. O jeito aí é arranjar um arame, esquentar uma ponta até ficar vermelha e atacar o bolo com ela. Mas é preciso estar prevenido, pode ter ficado um resto de pólvora por queimar e o tiro sair. É bom prender a espingarda no torno, com a boca do cano meio inclinada para cima, e introduzir o arame com um alicate para o tiro não pegar a mão, bonito se ele queimasse a mão logo hoje — como é que ele ia pegar na mão de Geralda amanhã se ela desse vaza?

Onde encontrar um arame não muito fino, de meio metro no mínimo? Tinha um pedaço de uns oito ou dez palmos enrolado e guardado, mas onde? Capaz de ter sido levado por alguém, aquela gente de Três Alferes tinha a mania de apanhar tudo o que precisava na oficina, até ferramentas levavam, e não se lembravam de repor. Também comprar aonde, se ali não se achava nada? Bastava o caminhão ou o barco demorar para não se ter nem querosene para as lamparinas, nem fósforo para acender fogo. Diabo de fim de mundo, qualquer dia ele largava tudo e ia para mais perto das coisas.

Ia mesmo? E Geralda? Ela também podia ir embora de repente, mascate não demora em um lugar, aqueles já estavam ali há dois dias, podiam já andar pensando em levantar acampamento, o povo de Três Alferes não comprava nada, também não tinha com quê. Ali se vivia mais de trocas, um feixe de mandiocas por uma rapadura, um lombo de porco por um punhado de balas, o dinheiro, pouco, era para pinga, remédios, querosene, que esses ninguém trocava. Ele devia ter comprado mais coisas para animar os mascates a irem ficando. E para isso não precisava esperar até amanhã, não convinha esperar. Quem sabe eles já não estavam agora mesmo recolhendo a mercadoria e carregando os burros, enquanto ele ficava ali perdendo tempo com uma espingarda velha.

Quintino arrumou-se mais ou menos, vestiu o paletó, e ia passando a trave na janela quando o Aniceto entrou com um saco cheio nas costas e jogou-o no chão.

— Olhe o que eu trouxe pra nós, seu Quim.

— É, é? Deixe aí.

— Puxa, seu Quim. Nem pergunta o que é? Ficou zangado com aquela bobagem lá na cadeia?

— Fiquei não. O que é?

— Manga. Andei dando uma limpa por aí. São de primeira. Não quer provar?

— Agora não. Estou de saída.

— Maçada. Eu queria conversar um assunto.

— Outra hora.

— Era só um instante.

— Outra hora. Estou com pressa.

Esquisito. Ninguém tinha pressa em Três Alferes, nem a parteira. Que pressa seria aquela de seu Quim? Talvez pagasse a pena acompanhá-lo de longe. Quintino ia fazer alguma coisa fora da rotina e ele Aniceto não queria perder.

— Então vou deixar o saco aí. Só levo umas.

Aniceto demorava em desatar a embira que amarrava a boca do saco. Quintino se impacientou:

— Tome conta da oficina. Não vou demorar.

— Quer saber de uma coisa? Eu vou também. Já chupei muita manga por hoje.

Quintino fechou a porta, disse um até já apressado e saiu na direção do rio. Aniceto fingiu tomar a direção contrária, deu um tempo e voltou.

De longe viu Quintino rondando a barraca do mascate, e ficou imaginando o motivo. Mascate, cigano, índio, essa gente sem lugar certo de ficar, precisa ser vigiada mesmo. Uma vez no Itaité, só de brincadeira ele deteve uma cigana de saia muito rodada, revistou-a e encontrou tanta coisa pendurada na cintura dela, até uma máquina de moer carne que tinha sumido da loja de um turco. Ele deu uns tabefes na mulher e ficou com a máquina, porque turco também tem lá suas culpas.

O velho vinha subindo do rio com um balde dágua, Quintino foi ao encontro dele e tomou o balde.

Bela maneira de fazer investigação, aliviando o peso do suspeito. Fosse com ele Aniceto, o fio fiava mais fino. Polícia não tem que ser delicado com ninguém, isto é, só com gente de categoria. O negócio é entrar logo de tapa e exigir a confissão.

Quintino conversava com o mascate como se fossem amigos. Então o negócio era outro? Aquele seu Quim tinha cada uma. Sair de casa com pressa, dando a entender que ia tratar de assunto importante, e ficar de prosa com um mascate na beira do rio. Sentindo que perdia tempo, Aniceto desistiu de espionar e seguiu para a delegacia, onde sempre havia alguma coisa por fazer, porque o palerma do Catulino, sempre às voltas com leituras, não mexia uma palha; por ele o cômodo nunca seria varrido.

Catulino estava mesmo sentado a cavalo na cadeira desconjuntada, com um livro apoiado na trave do encosto.

— Tarde, Catu.

Catulino apenas inclinou a cabeça, sem tirar os olhos do livro. Aniceto provocou:

— Boa tarde, companheiro.

— Hein? Ah, boa tarde, uai — respondeu Catulino, desviando por um instante a atenção da leitura.

— Pois é — disse Aniceto. — Quando um burro fala, o outro pelo menos murcha as orelhas.

Catulino não ouviu, estava acompanhando uma passagem empolgante de Nick Carter. Aniceto continuou, sabendo que falava sozinho mas com alguma esperança de ser ouvido:

— Isto aqui está que nem um chiqueiro. É toco de cigarro por todo lado. Casca de laranja. Capaz de ter até algum tolete perdido por aí. Olhe um aí. Ah, é banana podre. Até banana podre jogam no chão. Tem gente que gosta de viver em chiqueiro.

Aniceto pegou a vassoura e foi varrendo com estouvamento, levantando poeira, batendo a vassoura nos pés da mesa, no suporte do pote dágua. Quando bateu num pé da cadeira, Catulino fechou o livro, deixando um dedo dentro para marcar a página, e falou irritado:

— Respeite, rapaz. Não vê que estou lendo?

— E eu estou trabalhando. Fazendo o que outros não fazem. Desinfete. Olhe aí. O pé.

Catulino deu um chute na vassoura e saiu resmungando. Aniceto continuou, mais alto:

— Agora não limpo mais. Por mim isso aqui pode virar ninho de rato. Fico eu trabalhando enquanto outros passam o tempo lendo romance. Vai acabar fazendo rendinhas e crochê.

Catulino, que estava parado na porta ainda tentando ler, fechou o livro de vez e virou-se para dentro.

— Como foi que você disse? — perguntou já respirando curto.

Aniceto não respondeu, estava ocupado apanhando lixo num pedaço de couro que usavam para isso.

— Como foi que você disse? — insistiu Catulino.

— Eu? Eu disse que se você continuar com essa mania de leitura, vai acabar estragando a vista.

Catulino guardou o livro numa gaveta da mesa e saiu sem olhar para Aniceto. Ia ver se D. Coríntia tinha feito berém. No caminho parou para dar uma palavrinha com o ferreiro. Nisso apareceu Quintino, com ar aborrecido, ou preocupado. Parou, cumprimentou, pediu um gole dágua. Enquanto o ferreiro providenciava, Catulino puxou conversa.

— Dando um bordejo, seu Quintino?

— É.

— Parece que vamos ter chuva — comentou Catulino.

O ferreiro veio com o coité cheio, contestou:

— Qual. Chuva do Afiafaca não chega aqui. Chove do lado de lá do morro e fica por isso.

— Mas bem que a gente estava precisando — disse o soldado.

— Precisando nada. Estou com quatrocentos adobes virados apanhando sol. Se chovesse agora, eu perdia todo trabalho de duas semanas.

Quintino olhava para o chão, desinteressado da conversa. Para ele tanto fazia que chovesse ou deixasse de chover, e não entendia por que as pessoas perdem tempo falando no assunto. Se o tempo fosse se guiar pelas conversas cá de baixo, ficava no maior embaraço: uns querem chuva, outros querem sol.

Catulino notou o alheamento de Quintino, sondou: — A modos que seu Quim está contrariado. Se foi coisa lá com o mascate, é só dizer que a gente vai lá e manda esquipar.

Quintino acordou depressa. — Como é? Mandar esquipar? Por que agora?

— Não é preciso explicar não. A gente dá a ordem, e ele que não cumpra.

— Baseado em quê?

— Baseado em nossa autoridade, e na maneira de falar. O senhor é muito delicado, não serve para essas coisas. Aliás eu também não sou, mas tem aí o Aniceto. Pra isso ele é bom.

Quintino devolveu o coité com a mão tremendo, e pelo esforço que fazia para disfarçar o tremor o ferreiro percebeu que alguma coisa não estava saindo certo naquela conversa. Pegou o coité, e para não perder nada do que pudesse acontecer, ficou parado com ele na mão.

Quintino enxugou a boca com as costas da mão e falou: — Aqueles mascates são meus amigos. Se alguém bolir com eles, bole comigo.

Catulino perdeu a voz por uns instantes, e quando conseguiu falar não encontrava o que dizer.

— Mas seu Quim... Eu estava pensando... Quero dizer... Eu pensei que o senhor tivesse se aborrecido com eles. Eu não sabia... A amizade muda tudo. Amigo do senhor é meu amigo também. Que Deus me livre de maltratar amigo seu.

— Pois é. Não quero que ninguém mexa com eles. E me admiro você, Catulino. Um homem versado em leituras — disse Quintino, e saiu sem se despedir e sem agradecer a água.

Catulino e o ferreiro ficaram olhando um para o outro calados. O ferreiro se lembrou do coité, foi guardá-lo no pote. Enquanto isso Catulino se organizou.

— O senhor está vendo? — disse ele quando o ferreiro voltou. — A gente quer agradar, e borra na retranca.

— É. Homem esquisito esse Quintino. Boa pessoa, mas esquisito — disse o ferreiro.

Ao escurecer Quintino voltou ao acampamento já com uma ideia. Na visita de horas antes ficara sabendo que o velho já estava de partida marcada. Agora ele chegou, cumprimentou e se animou com o cheiro de café novo: Geralda estava perto.

— Toma um café, Sr. Quintino? — propôs o velho.

— Aceito, se não for incômodo.

— Geralda, mais uma xícara.

Enquanto esperava, sentado do lado de fora da barraca numa cadeira de desarmar, Quintino fez a sugestão.

— Sr. Felipe... estive pensando. Por que o senhor não abre uma lojinha aqui?

O velho assustou-se. Olhou-o bem para se certificar. — Aqui, o senhor diz?

— Então!

— Não compensa.

— Como é que o senhor sabe?

— Basta olhar. Estou aqui há três dias, no segundo já tinha vendido tudo o que podia vender. Me demorei mais só pra descansar. Quem precisava comprar já comprou. Gente daqui não dá pra sustentar loja permanente.

— É porque não estão acostumados. Com a loja aí de porta aberta, com os artigos à mostra, se acostumam e compram.

— Engano seu. Não compram porque não têm com quê.

— Mas aqui não tem loja nenhuma, tirando a vendola do Santaninha.

— Por isso mesmo, Sr. Quintino. Lugar que não tem loja não serve pra abrir loja.

O velho devia saber o que dizia, era comerciante. Mas podia também estar afastando o corpo só para defender a vida de errante. Ou seria desculpa para não dizer que não tinha capital? O povo de Três Alferes não vivia queixando da falta de loja, de ter que encomendar fora tudo o que precisava, e com mil dificuldades? E de que quando se conseguia alguém para trazer uma encomenda, quase sempre a compra vinha errada?

— É pena, seu Felipe. Eu tenho um dinheirinho aí, pensava em abrir uma lojinha, mas me falta prática. Se encontrasse alguém com prática, fazia sociedade.

O mascate deu uma boa risada. — Vejo que o senhor não tem mesmo nenhuma prática de comércio. Se não dá pra um, como é que ia dar pra dois?

Geralda apareceu com o café e fingiu grande espanto em ver Quintino, cuja voz já tinha reconhecido. Seu Felipe passou-lhe a informação, para ela ajudá-lo a esclarecer aquele moço ingênuo.

— O Sr. Quintino está propondo que a gente abra uma loja. Aqui neste lugarejo.

— Uma loja?

Foi só o que ela disse enquanto servia o café, o que foi um desapontamento para os dois.

— Imagine. Abrir uma loja aqui — disse o mascate, para o caso de ela não ter entendido.

Geralda passou as xícaras, pingou um pouco num copinho de asa para ela; tomou um gole e disse:

— Capaz de não ser má ideia.

Se fosse num filme, seu Felipe teria se engasgado com o café, tossido e se molhado com os borrifos; mas ele apenas parou com a xícara quase tocando os lábios, olhou incrédulo para a moça.

— O quê? Uma loja aqui não é má ideia?

— O senhor podia experimentar. Se não desse certo, fechava. Enquanto isso a gente sossegava um pouco.

O mascate ficou pensando, desapontado. Depois disse: — Você nunca me disse que estava cansada da vida de mascate.

Geralda não respondeu, fingiu preocupação com uma mordida de mosquito no braço, e Quintino compreendeu que ela estava cansada sim. Não sabendo ao certo qual o grau de parentesco entre os dois, ele ficou sem poder atinar com o motivo da hesitação da moça. Seria medo? Obediência? Pena? Em todo caso a ideia estava lançada. Agora era esperar que vingasse ou secasse.

O que aconteceu a seguir foi inteiramente imprevisto. Uma ou duas noites depois, já muito tarde, bateram na porta da oficina. Quintino custou a atender, cuidando ser alguma amolação dos soldados, eles não tinham nenhum expediente, qualquer probleminha que aparecesse lá vinham pedir orientação. As batidas continuaram, ele veio resmungando, abriu a janela. Não reconheceu o vulto no escuro, mas a voz o assustou.

— Desculpe incomodar, mas eu não tinha pra quem apelar. Meu padrinho está muito mal.

Quintino vestiu-se depressa, sem saber para quê. Não tinha prática de tratar de doença, se fosse ferimento de bala ele ainda podia fazer um curativo com iodo, ou mesmo tentar extraí-la com ponta de faca, se ela não estivesse cravada fundo. Quando ele abriu a porta, Geralda falou quase chorando:

— Vamos depressa. Ele está sozinho, coitado.

Quase não falaram no caminho, ela por ir pedindo aos santos o restabelecimento do velho, Quintino por não saber o que dizer. Logo chegaram à barraca, iluminada apenas pelo fogo dos tições do lado de fora. Geralda entrou na frente e acendeu uma vela.

Seu Felipe estava deitado num couro de boi forrado com muitos panos, pontas do couro aparecendo por baixo. Tinha os olhos fechados e respirava com dificuldade pela boca.

— O que é que ele tem? — perguntou Quintino baixinho.

— Acordei com ele roncando forte, querendo falar. Levantei depressa e fiz um chá de canela, ele não tomou. Dei um pouco com colher, a maior parte escorreu pelos cantos da boca. Deve ser o coração. Ele já teve isso em Balisa, mas lá tinha médico.

— Olhe — disse Quintino — não sei tratar de doente, mas aqui ele não pode ficar. Vamos levar ele pra minha casa. Vou chamar um dos soldados pra ajudar.

— Não, demora muito. A gente mesmo leva.

Improvisaram uma maca com um cobertor amarrado pelos cantos em dois varais, e foram caminhando devagar pela noite escura.

Quintino cedeu a cama ao doente e armou uma rede para Geralda no cômodo da oficina, e ele mesmo passou o resto da noite sentado numa banqueta. O médico mais próximo ficava a dois dias de barco, nem adiantava pensar em buscá-lo. No dia seguinte cedo Quintino e os soldados foram apanhar a mercadoria e a barraca, para ficarem guardadas na oficina enquanto durasse a crise.

A oficina agora vivia cheia de gente, uns com remédios, outros com simpatias infalíveis, mas poucos conseguiam disfarçar que estavam ali para se distrair, em Três Alferes não acontecia nada, nem briga depois que chegaram os soldados, até o aparecimento de uma pedra ou pepita que valesse a pena ver já estava ficando raro. Geralda atendia a um e a outro nos intervalos, arrumava a casa e cozinhava para ela e Quintino, arranjo que ele censurou a princípio mas acabou aceitando, afinal eles precisavam comer.

As noites eram difíceis. Não tendo onde dormir, Quintino passava a maior parte do tempo entre o casebre da delegacia e a porta da oficina, num ir e vir cansativo. Só durante o dia, enquanto Geralda cuidava do doente ou da cozinha, ele cochilava na rede, indiferente à romaria dos curiosos. Mesmo assim, muitos estranhavam a promiscuidade, mas sendo Quintino homem de pouca conversa e menos sorrisos, todos tinham muito cuidado em esconder a estranheza; quando comentavam era longe dele, e com muitas precauções. Mas um dia, ele cochilando na rede, foi acordado pelo barulho de uma cafeteira de lata derrubada por uma visita. Para não ter que responder a cumprimentos, continuou de olhos fechados. A mulher que falava chegou bem perto da rede, olhou para dentro, e convencida de que ele dormia, continuou a conversa:

— Muito esquisito mesmo, D. Zipa. O velho morre não morre lá dentro, os dois no bem-bom aqui na sala.

— É. Se essa rede falasse...

— A senhora acha que é na rede? Parece tão funda.

Quintino esteve a ponto de se erguer da rede e expulsar as linguarudas; mas se conteve, querendo ouvir mais. Infelizmente Geralda apareceu e elas mudaram de assunto, perguntaram por seu Felipe, ensinaram mais um remédio, desejaram melhoras e se foram.

Quintino se preocupava muito com as relações de Geralda com seu Felipe. Quando os viu pela primeira vez, cuidou serem pai e filha, e continuou pensando assim até o dia que ouviu Geralda chamar o velho de padrinho. Padrinho? Apenas isso? Então por que ela o acompanhava naquele serviço pouco condizente com mulher, muito menos com uma moça? Teria o velho mascate furtado a moça, como os homens de Gumercindo Frade fizeram com ele, Quintino?

A melhora do velho, manifestada no quarto ou quinto dia, trouxe um problema. Ele voltou a respirar normalmente, pelo menos na aparência, e os olhos recuperaram a vivacidade; mas não falava, e estava paralisado de um lado. Quando Geralda descobriu isso, e tentou fazê-lo falar, e só ouviu uns grunhidos fracos, e viu que o braço esquerdo não mexia, ficou alarmada. Como iriam viajar por aí, tocando dois burros carregados, com o chefe da firma naquele estado?

Quando Geralda se acalmou, o velho fez sinal com a mão pedindo papel e lápis, e escreveu: *"Derrame. Tome conta da firma"*, e tentou um sorriso que saiu em forma de ricto. Ela ficou muito tempo olhando para o papel, ciente de que os olhos dele a fixavam atentos. Finalmente largou o papel na cama e perguntou se ele queria comer. Ele fez um gesto vago, que podia significar sim ou não. Na dúvida, ela foi ao fogão, encheu uma tigelinha de barro com caldo de galinha, sentou-se na beira da cama e foi alimentando o doente colherada a colherada, parando de vez em quando para não cansá-lo. Nisso Quintino entrou, e vendo seu Felipe recostado na cama tomando caldo, pensou que tudo estava bem, e pilheriou:

— Que susto o senhor nos deu. Não faça mais dessas brincadeiras. Quer dizer que amanhã ou depois já estamos levantando?

Pelo jeito do velho, e pelo olhar de Geralda, ele percebeu que tinha feito mal em dizer aquilo. Muito encabulado, deu uma volta pelo quartinho apertado e escapuliu para a sala. Geralda logo veio atrás e explicou a situação.

— Quer dizer que ele vai ficar assim sempre? — perguntou Quintino.

— Ele acha que vai.

— A gente leva ele ao doutor. Quem sabe, não é?

Em vez de mostrar entusiasmo, Geralda começou a chorar.

— O que será de nós agora? Como vamos fazer?

Quintino teve vontade de abraçá-la e dizer que ele estava ali para cuidar de ambos, mas enrolou-se e disse apenas:

— Chore não. Deve de haver um jeito. Vamos ter calma.

— Estamos dando tanto incômodo ao senhor. Já estou envergonhada.

— Não fique pensando nisso. Cuide dele que eu tomo conta do resto — disse Quintino; e aproveitando o embalo, perguntou: — O que é que ele é de você?

— É meu padrinho — respondeu ela mecanicamente, como quem dá uma resposta ensaiada. Quintino não ficou satisfeito, mas não insistiu.

Os dias foram passando, seu Felipe levantou-se ajudado pelos dois e deu uns passos pela casa, logo se cansou e teve de voltar para a cama. Já comia sozinho, e até arroz com carne-seca, contanto que fosse picada em pedaços pequenos. Todos os dias, para arrumar a cama e limpar qualquer transtorno havido durante a noite, Geralda o levava para uma cadeira de balanço que Quintino desencavou não se sabe onde, e nela ele ficava boa parte da manhã, tomando sol e testemunhando a inatividade da vila. De vez em quando passava alguém, cumprimentava e seguia, ninguém tem assunto para um velho paralítico e sem voz.

Sentado ali, um braço segurando o outro no colo, os olhos fixos num ponto entre os joelhos, seu Felipe pensava ou apenas existia? Ao verem aquele velho ser levado para fora, deixado ao sol e recolhido mais tarde, algumas crianças até acreditaram que ele fosse um boneco que pessoas maníacas punham a arejar para não apanhar mofo.

Aos poucos a casa de Quintino foi virando loja. Quem precisasse de um par de meias, um carretel de linha, meia dúzia de botões, sabendo que a mercadoria do mascate estava guardada lá, recorria a Quintino. Das canastras e amarrados, os artigos foram passando para uma mesa de cavaletes que Quintino armou ao longo de uma parede para evitar o trabalho de estarem procurando nas canastras e pacotes. De vez em quando Quintino introduzia um melhoramento — uma prateleira, um gancho para pendurar coisas, um armariozinho para bijuterias — e quando deram fé a lojinha estava montada. Com a muita procura, logo surgiu o problema de reposição do estoque. A linha de cor tinha acabado, da brilhantina só restavam duas ou três latinhas amassadas; das peças de chita de padrões mais vistosos só ficaram retalhos; a seção de bijuteria reduzia-se a umas poucas peças das mais caras, que não se vendem todo dia. As prateleiras antes sortidas agora estavam peladas, o que desanimava os fregueses e os proprietários.

Mas quem era proprietário? Quintino e Geralda evitavam esse assunto, que no entanto os preocupava. Ela via que a atividade de armeiro tinha passado a um plano muito apagado, a bancada de trabalho de Quintino fora abafada pela loja, as ferramentas empoeiravam na gaveta ou num caixote num canto. De vez em quando ele ainda consertava uma arma, mas só quando não podia negar; e fazia o trabalho na delegacia, onde havia mais espaço e menos gente interferindo, fungando em cima.

Quintino sentia que tinha direito a uma parte dos lucros, afinal entrara com a casa, as instalações e ainda dava uma ajuda como vendedor — mas quando pensava nisso se envergonhava e desviava o pensamento. Mas era preciso renovar o estoque, ou a loja acabava. O povo já dizia que a loja só tinha refugo, e Geralda não estava tendo expediente. Praticamente não existia mais loja.

Um dia Quintino pegou Geralda para uma conversa, e depois de muito rodeio e ciscagem ficou decidido que ele iria a Jaguariranga fazer compras. A partida foi marcada para a semana seguinte, que era a próxima saída do barco. Passaram o resto do tempo acertando a lista, Geralda explicando onde comprar isso e aquilo, e por que preço, a quantidade, e como verificar a qualidade. Em matéria de tecido, por exemplo, quem não conhece compra mal; e mesmo não acreditando que ele aprendesse com uma só explicação, pegava os retalhos da loja e mostrava quais os melhores, e por quê.

Quintino entrou no barco com a alma dividida. Era a primeira vez que deixava Três Alferes. Viajava como comerciante, com dinheiro na cinta para comprar e pagar, uma novidade para ele. Mas ia ficar fora duas ou três semanas, e isso o deixava preocupado. Geralda sozinha, algum garimpeiro podia se meter a besta, principalmente sabendo que o velho Felipe era inválido. Verdade que ele tinha deixado um ximite e uma caixa de balas mas não acreditava que tivesse alguma serventia nas mãos dela.

E não era só o receio de algum abuso: era também a falta que ele já sentia. Eles nunca tinham falado nenhum assunto pessoal: cada vez que ele ensaiava, ou o velho tossia lá dentro, ou aparecia algum estranho, ou ele mesmo ficava olhando para a penugem da testa dela, ou para o suor entre o nariz e a boca — sentia as mãos geladas e a voz ameaçava tremer. Estava gostando dela cada dia mais, e desconfiava que ela se interessava por ele.

Ele sonhava muito com Geralda, e nos sonhos não havia dificuldade de comunicação: sempre estavam sozinhos, os dois no mundo, ninguém perto para atrapalhar. Se acordava de noite depois de um sonho com ela, lamentava não saber uma simpatia das que dizem que existem para fazer a outra pessoa sonhar também. Quem sabe Geralda sabia, e estava aplicando, e por isso ele sonhava? Se estava, disfarçava muito bem: no dia seguinte ele a observava em várias ocasiões e não percebia o menor sinal. Será que nunca ia chegar o dia de eles se entenderem nesse terreno de namoro e etcetera?

Esse dia chegou mais depressa do que ele pensava, e foi tudo tão natural que quando viram não havia mais barreira. Quintino voltou da viagem tão aflito por ver Geralda que deixou a mercadoria com o barqueiro e foi correndo para casa. Entrou como ventania, acenou para seu Felipe na cama e foi parar no quintalzinho, como seguindo algum sinal misterioso de Geralda. Ela estendia roupa na corda, cantarolando baixinho. De repente se virou, com uma camisa do velho esticada nas mãos, deu com Quintino bem perto. Ele avançou e abraçou-a ao mesmo tempo em que ela também o abraçava, os dois pouco se incomodando com a camisa molhada que ficou presa entre eles. E quando afinal acordaram e viram o estouvamento riram como crianças, afastaram a peça incômoda e se abraçaram de novo, fazendo de conta que a primeira vez não tinha valido.

— Senti muito sua falta. Não via o dia de você chegar — disse ela de um fôlego.

— Verdade? Eu também. Pensei muito em você.

Afinal entendidos, Geralda foi preparar comida. Só tinha linguiça, arroz e farinha. Ela pôs o arroz no fogo e enquanto trabalhava não parava de cantar, o que quase não fazia desde que seu Felipe teve o ataque.

O velho também quis participar da alegria, de sua cama fazia sinal para Quintino, pediu papel e lápis e perguntou sobre a viagem, se ele não tinha se esquecido de comprar carretéis número vinte e quatro, os que mais se vendem no sertão; se tinha feito as compras no seu Abud; se seu Timóteo da Rosa tinha vendido as pedras deixadas em janeiro.

Outras pessoas foram chegando, vieram Catulino e Aniceto com a mercadoria deixada no barco, Quintino quis abrir os volumes para mostrar, Geralda não deixou, a comida não ia demorar, só faltava fritar a linguiça.

Os soldados contaram as novidades, poucas, casos banais de briga de garimpeiros, a onça que entrou numa palhoça do outro lado do rio, aninhou-se num canto e dormiu e foi morta a machadadas. E teve também um garimpeiro novo, que ao ouvir falar em Quintino na venda perguntou se não era um Quintino Jerônimo Júlio, um caboclinho magro danado de bom no gatilho. Quintino quis saber o nome desse garimpeiro, e onde garimpava, Catulino disse que ainda não tinha lugar certo, fora dar uma espiada no garimpo e ficara de voltar; mas deixara recado: "Diga ao Quim que o Supriano perguntou por ele. Ele sabe quem é. Já trabalhamos juntos".

E Aniceto opinou: — Achei ele com jeito de quem está querendo se esconder. É muito desconfiado, olha muito para os lados, e tem a mania de coçar a cintura. Esse peba tem mistério.

Quintino atendia um garimpeiro que indagara se ele tinha trazido navalha Três Coroas, daquelas de lâmina estreita cintada, e resolveu fingir que não prestara ouvidos à observação do Aniceto. Ninguém tinha nada que saber das relações entre ele e Cipriano.

De noite, quando as visitas já tinham ido embora, e seu Felipe dormia tranquilo, com o estômago cheio de sopa de estrelinhas com osso de tutano, Geralda e Quintino sentaram-se na salinha da loja, ele na rede, ela numa banqueta. Ele já tinha mostrado a mercadoria, que ela achou muito bem escolhida, e agora falavam deles.

Geralda finalmente contou que não era afilhada de seu Felipe, que haviam combinado isso para evitar falação; que seu Felipe a comprara do pai dela, que ficara viúvo com muitos filhos, ela ainda menina. Ouvindo isso, Quintino arregalou os olhos, ela o sossegou:

— Ele é um bom homem. Sempre foi muito bom pra mim, e muito respeitador. Só me comprou porque meu pai pediu, não podia cuidar de tantos filhos, e muito menos de uma filha mulher; disse que mais cedo ou mais tarde eu ia cair na mão de algum homem; assim, era melhor que eu fosse para longe, para os conhecidos não ficarem criticando.

Quintino ficou calado, pensando como teria sido a vida de uma menina em companhia de um estranho, cortando sertão, até chegar àquela moça-mulher que estava mudando a vida dele. Depois perguntou se ela nunca teve namorado, se não tinha pensado em casar. Ela respondeu que não, imagine deixar seu Felipe, um homem tão bom.

— Mas vocês... dormiam juntos.

— Dormia, uai. Que mal faz? A gente só tinha uma barraca. Não dava pra carregar duas. E na barraca só cabia um colchão. Colchão que eu digo é couro.

— E ele... não pegava em você?

— Pegava. E eu nele. Principalmente em tempo de frio.

— E depois?

— Depois o quê?

— Depois disso de pegarem um no outro.

— A gente dormia.

A conversa parou aí. Eles se olharam, e se dependesse de Quintino nada mais teria acontecido. Quem evitou o fiasco foi Geralda. Vendo a mão dele na mesa, tocou-a com naturalidade, alisou, virou a palma para cima, alisou também desse lado; e sem olhar para ele perguntou se ele tinha pegado em alguma mulher em Jaguariranga. Bastou ela perguntar isso para ele saber que alguma coisa estava para acontecer.

E aconteceu exatamente como ele vinha sonhando, e foi tão fácil que ele não entendeu logo. Ela perguntou se ele queria um café, ele quis. Depois do café ele foi ao quintal esvaziar a bexiga e quando voltou a cama estava arrumada no chão, os dois travesseiros lado a lado. Antes que ele falasse alguma coisa que pudesse criar obstáculo, ela disse, já soltando os cabelos:

— Vai se deitando que você deve estar cansado. Eu não demoro, vou ver se ele está dormindo.

Quintino tirou a calça, mudou a camisa e deitou-se, deixando o lugar do lado da porta para Geralda. Ela voltou nas pontas dos pés e disse baixo:

— Está ferrado no sono.

Quintino entendeu e ficou calado. Ela parou ao lado da esteira, de costas para ele. Tirou a blusa, jogou na mesa onde ele tinha posto a calça. Desamarrou o cordão da saia e deixou-a escorregar para o chão formando rodilha. Saiu de dentro da rodilha, apanhou-a e pôs junto com a blusa e a calça. Deixou-se cair na esteira e disse:

— Me abraça que eu sou frienta.

Simples assim. Nenhum esforço, nenhum acanhamento. Quintino dividiu-se em dois. Enquanto um se deixava guiar pelo instinto, o outro sentia-se nascendo, e via claro. Via que tudo o que tinha aprendido até aquele momento precisava ser rearrumado para abrir espaço para o que estava aprendendo agora. Até então ele tinha vivido como um bêbedo, andando e fazendo coisas sem saber por que nem para quê. E parecia ter havido uma combinação geral para mantê-lo na ignorância. Nas vezes que tentou se informar com os homens do bando sobre esse assunto, ou eles desconversavam ou vinham com histórias absurdas, ou feias, com certeza inventadas para esconder a verdade, ou esconder que eles também nada sabiam. Então ficou havendo para ele esse mundo escuro no qual ele nunca mais procurou entrar, apesar da curiosidade que às vezes o desassossegava mas logo era suplantada pela preocupação maior de escapar da morte.

Agora o mistério se abria com uma força que o deixava trêmulo e audacioso, assustado e feliz, dócil e exigente. Não podia ser uma situação inventada, um sonho solitário: Geralda também estava tão curiosa, tateante e descobridora quanto ele. Na salinha entupida de mercadorias desarrumadas, entre cheiros de sabonetes e de goma de tecidos, eles viajaram longe e alto. E quando voltaram, cada um sentia que não era o mesmo de antes.

Mesmo sem a cerimônia de casamento, todo mundo em Três Alferes passou a tratá-los como marido e mulher, e os homens perderam o interesse por Geralda, ou fingiram ter perdido.

Apesar do fiado a lojinha prosperava, e Quintino já pensava em outra viagem de compras quando recebeu uma visita. O homem entrou, empurrou o chapéu para a nuca, pôs as mãos na cintura e ficou sorrindo para Quintino.

— Epa, Supriano! Ora essa! — exclamou Quintino.

— Eu não disse que a gente ainda se topava?

— Como foi que você achou este caminho?

— Eu? Vim pelo cheiro.

Quintino providenciou um tamborete. Cipriano sentou-se com o chapéu no joelho e começaram a conversar. A princípio a conversa empacava, depois se soltou. Cipriano contou o que acontecera depois que se separaram na mata: o encontro com Gumercindo Frade, que estava morre não morre no rancho de um vigia de invernada, com vários ferimentos a bala e ardendo em febre; depois que puseram uma vela de sebo na mão dele ele parece que reagiu; vendo que ele ia demorar a morrer tiraram a vela, que estava derretendo com o calor da mão, e foram dormir; no dia seguinte Gumercindo pediu água, deram-lhe também uma sopa de farinha de mandioca; ele foi se animando; os ferimentos foram secando e dias depois ele já ficava em pé e andava se escorando nas pessoas.

Não podendo ficar mais tempo ali, onde faltavam recursos até de boca, saíram sem destino, nessa altura já eram quatro, Gumercindo, Cipriano, o Teiú e Expedito. Mais tarde encontraram Olho-de-Cobra e João Adorno. Mancando ainda, Gumercindo perguntou se eles queriam continuar ou debandar. Eles se consultaram e concluíram que deviam continuar. Aí Gumercindo disse que o primeiro passo era limpar o caminho, acertando contas com o Cuiabano.

— Seu Gumercindo pensou o trabalho, naquele jeito dele que você conhece, depois explicou pra nós. Não adiantava a gente querer chegar de surpresa, devido aos muitos cachorros que tinha lá. Então fomos chegando um a um de dia mesmo, como quem não sabe de nada e só quer descansar, e com intervalos de um, dois dias. Primeiro chegamos eu e Olho. O Cuiabano se assustou um pouco mas logo disfarçou, tratou a gente muito bem e volta e meia perguntava por seu Gumercindo. Eu e Olho não dávamos certeza se ele estava vivo, ora a gente dizia que achava que tinha morrido, ora que devia ter escapado, era sabido demais e tinha o corpo fechado, aquelas coisas que o chefe recomendou. Quando chegaram Expedito e João Adorno, o Cuiabano ficou nervoso de verdade. Aí, cumprindo o traçado do chefe, passamos a vigiar as conversas dele com seus homens, e de noite a gente destacava vigia para não deixar ninguém sair escondido, uma noite João Adorno pegou um peba arreando cavalo, perguntou onde ele ia àquela hora, o homem gaguejou e disse que ia comprar uns remédios pra seu Horácio. João Adorno disse que então ele ia aproveitar a companhia, precisava também comprar umas coisas. O homem disse que ia com muita pressa, Adorno disse que não fazia mal, ele também tinha pressa. O homem ficou embatucado, foi lá dentro, demorou. Voltou dizendo que não ia mais, seu Horácio tinha melhorado. Aí João Adorno disse que nesse caso também não ia, não convinha viajar sozinho com tanto bode por perto.

No dia seguinte chegaram o Teiú de manhã e seu Gumercindo de tardinha, fechando a roda. Quando o Cuiabano deu de cara com seu Gumercindo, até que foi engraçado. Ele ficou branco demais, arregalou os olhos, como se tivesse engasgado com caroço de jatobá, queria falar, a língua não obedecia. O chefe pulou alegre da sela, caminhou de braços abertos para o Cuiabano, que parecia um defunto em pé. Seu Gumercindo abraçou ele de lado, com um braço só, e disse: "Ora viva o meu amigo seu Horácio Cuiabano! Pensei que não ia ter essa alegria nunca mais!". O Cuiabano ali sem ação, eu e Olho assistindo de perto. "Ainda não foi dessa vez, seu Horácio", falou o chefe. "Foi um milagre, seu Horácio. Mas o que é isso, seu Horácio? A modos que o senhor não está contente de me ver?"

Ficamos lá bem uma semana, comendo, descansando, engordando e nos divertindo com as aperturas do Cuiabano, e sempre de olho nele e nos homens dele. Quando o chefe sentiu que já estava aprumado, a perna sarada e o braço também, abriu o jogo. Foi logo depois do almoço, a gente ainda na mesa, o chefe e o Cuiabano naquela conversa que não ata nem desata, sabe como é, gato brincando com rato pra escorvar o apetite, seu Gumercindo deu o sinal combinado. Fomos saindo de um a um, nos reunimos no cômodo onde os homens dormiam e guardavam as armas, arrecadamos tudo quanto era arma de fogo, os homens que apareciam a gente aliviava das armas, amarrava e peiava, até não restar mais ninguém solto. Olho-de-Cobra ficou lá vigiando, o resto fomos dar parte ao chefe do cumprimento da ordem.

Quando entramos no varandão ele compreendeu e falou claro com o Cuiabano: "Pois é, seu safado, agora você vai contar por que fez aquela cachorrada. Não estava satisfeito com o nosso arranjo?". O Cuiabano, que já vivia assustado há dias, ainda arranjou jeito de assustar mais. Perdeu a voz, perdeu a cor, perdeu a ação, parecia um monte de coisa mole debruçado na mesa, a gente olhando tinha até a impressão de sentir fedor. Vendo que ele não falava, o chefe tirou o punhal, experimentou o corte com o dedão da mão esquerda e falou: "Sabe o que, seu bedamerda? Gente como você eu nem mato, só capo", e ficou olhando para o Cuiabano, que só fazia tremer. "Vai trazer o pepino aqui pra eu cortar fora, ou é preciso que meus homens segurem?". Caminhamos para ele, eu de um lado, João Adorno do outro. O Cuiabano deu um berro fino feio, olhava para nós apavorado. Levantou-se, derrubou a cadeira, foi recuando, tropeçou na cadeira, quase caiu, o tempo todo gritando que não, olhando para um e para outro de nós, o corpo encolhido, a mão protegendo a parte ameaçada. Eu e Adorno agarramos ele e carregamos esperneando para perto do chefe, eu curioso por ver como é que se fazia o serviço, você sabe, no bando se falava muito em capar mas nunca capamos ninguém. O Cuiabano pendurou em nós, tivemos que arrastá-lo, ele já chorando e implorando, invocando um monte de santos. "Soltem ele que ele vai ficar comportadinho", disse o chefe. Nós soltamos, ele caiu de joelhos nos pés do chefe. O chefe ralhou feio, disse que aquilo não era papel para um homem que tinha tido coragem de tramar traição, e ameaçou de trazer os homens dele para verem o langanho que eles tinham como patrão. De mais a mais, disse seu Gumercindo zombando, não via razão para tanto berreiro por causa de uma coisinha que nem ia fazer essas faltas, era só uma muxibinha sem mais serventia na idade dele. Menino, o Cuiabano se encheu de brio, disse que a muxiba ainda estava boa, se seu Gumercindo quisesse prova mandasse chamar fulana, sicrana e beltrana, deviam ser empregadas de quem o safado se aproveitava. O chefe soltou uma gargalhada, nós rimos também porque entendemos a intenção do Cuiabano; ele não queria passar por macho na nossa frente, a gente estava vendo o cagão que ele era; ele queria nos comover com o desperdício de jogar para o cachorro uma coisa que ainda prestava bom serviço, segundo ele. Vendo que a gente não parava de rir, ele fez uma coisa que boliu comigo por dentro: agarrou o pé de seu Gumercindo e disparou a beijar, abrindo intervalo nos beijos para pedir que tivesse piedade dele, que ele tinha sido obrigado pelo Tenente Boanerges. Seu Gumercindo empurrou a cara dele com o pé, ele caiu pra trás com a mão no nariz, quando tirou a mão para olhar, o sangue já escorria para a boca. De repente juntou uma mão na outra, como quem reza, e gritou: "Pela sua santa mãe, seu Gumercindo, me poupe desse castigo, que eu não digo que não mereça. Pense na sua santa mãe". Eu acho que isso de misturar mãe com capação abalou o chefe. Ele pensou um pouco e disse: "Vamos fazer uma coisa. Levanta daí, postema". Coçou o queixo, pensando. "Engraçado. Pra fazer trato de traição com os bodes ele é muito macho. Na hora de pagar o preço, vira esse monte de estrume que vocês estão vendo." O Cuiabano levantou devagar, desconfiado, limpando o sangue da cara com as mangas, olhou para a porta parece que pensando em correr, o chefe atalhou: "Se correr meus homens pegam. Vamos conversar, como você conversou com o Tenente Boanerges. O que é que você prefere: ser capado carinhosamente por mim, ou levar uma coça de sedenho dada por meus homens?". O Cuiabano se agarrou nisso como um afogado se agarra numa corda. "Coça de sedenho, coça de sedenho", disse ele. "Pensou bem?", perguntou o chefe. "Olhe que meus homens são brutos e gostam de bater. Capação é mais rápido." "Sedenho, sedenho. Aguento sim. Pode deixar", disse o Cuiabano.

Amarramos ele pelado num mourão do curral e baixamos a peia, nos revezando. Ele não gritou, mas se mijou todo, o chão em volta ficou um massapé de urina. Batemos até o chefe dizer chega.

Depois fizemos miséria no sítio, espantamos os cavalos e o gado, misturamos mantimentos nas tulhas, demos queijos para porcos, e quando não restava mais nenhuma maldade para fazer abrimos o pala. Pensei nas muitas vezes que a gente deixava a serra do Beija-Flor antes, você se lembra, era aquela alegria, o bando completo, imponente; agora parecia um rebotalho pesteado, a gente só andava porque os cavalos levavam. O Teiú e o Expedito iam emburrados, cochichando lá entre eles. Depois o Olho-de-Cobra se juntou a eles, ficando o bando dividido no meio. Aquilo estava esquisito, requeria explicação. Finalmente seu Gumercindo chamou os três resmungões e perguntou na bucha o que é que eles não estavam achando conforme. Depois de um pouco de saltitância lá entre eles, Olho falou. Disse que eles tinham ficado desapontados com a mudança de procedimento do bando, que nem parecia mais bando; que estava havendo muita moleza em tudo, o próprio chefe não parecia o mesmo, imagine tratar um traidor com aquela clemência, seria que o chefe estava perdendo o gosto pela chefia? A continuar assim, era muito melhor desmanchar o bando e cada um obrar por si, como Deus fosse servido.

O chefe ouvia calado, olhando para o chão, e pelo jeito dele achei que Olho-de-Cobra tinha razão, era melhor acabar com o bando, se não acabasse para os outros acabava pra mim, não tem nada mais triste do que um chefe descrente. Olhei os companheiros e compreendi que aquilo não era mais bando, eram seis pés-rapados que se demoravam numa festa que já tinha acabado, só não iam embora porque não sabiam para onde ir. Dava pena vê-los e comparar com a moçada de antigamente, alegre e disposta, sem medo de nada, guerreando e rindo e vivendo como deve ser, sem pensar nos tropeços que pode encontrar amanhã e sem deixar rabo para trás. Pensei em você, magrinho como um graveto, correndo agachadinho no meio do fogo, parecia um capeta no capinzal, ninguém acreditava que você durasse muito. Pensei no André Bispo, aquele que tinha sido soldado, fez questão de conservar a farda e o boné, pesar do perigo de ser confundido com um bode na hora do remelexo, até que deu com o rabo na cerca naquele pega do Taquaril Grande. Domingos Nortista, o Doca, andava de lenço no pescoço pra esconder o papo, tomou a metralhadora dos bodes na emboscada do Grotão Vermelho, tivemos que enterrar ela porque era muito pesada pra carregar. O Maldonado, com a mania de lavar corpo com sabonete e ficar se cheirando, em cada morador que o bando chegava ele ia exigindo sabonete, coitado, morreu mordido de escorpião naquela tapera onde se escondemos depois do combate de Água Parda, não sei se era do seu tempo. O Toca-pra-Frente, de nome próprio creio que era Honório Trovas, tinha sido praticante de farmácia no Rio Fundo, conhecia remédios, quando a gente entrava numa vila ele ia direitinho nos remédios que interessavam, sabia dar injeção, mas nunca tinha agulha quando era preciso. Tudo gente decidida, que não chora quando o capeta solta fumaça. Agora nós seis ali, com medo até de barulho de vaca quebrando graveto na mata. Era triste, Quim.

Então, como eu disse, o chefe ouviu as queixas, andou pra lá e pra cá, pensando; e quando pareceu que ia descascar os três rebeldes, apenas disse que Olho-de-Cobra tinha razão, mas era preciso não esquecer que o bando estava muito desfalcado, tinha saído de uma emboscada que quase acabou com todos, e que não era hora de impor autoridade em homens estropiados por fora e por dentro.

Aí o Teiú entrou para dizer que isso eles compreendiam; não era disso que se queixavam, mas da frouxura mostrada com o Cuiabano. O chefe disse que reconhecia isso, mas que quando ouviu o velho rogar em nome da santa mãe dele, chefe, sentiu uma coisa por dentro, e fraquejou. E também aquela invocação de nomes de santos, a gente estava precisado da ajuda de muitos santos, e se não desse ouvidos a súplicas em nome deles, como é que podia contar com eles nas horas de aperto?

Olho-de-Cobra tomou a palavra e disse que aquilo estava parecendo conversa de padre, que os bandoleiros devem cultivar os seus santos sem misturar eles com os de outra gente, que o Jesus Cristo nosso não é o mesmo de um traidor como o Cuiabano; se ele tivesse inclinação pra conversa de padre tinha ficado de sacristão em Turmalina, como a mãe dele queria. Olho-de-Cobra estava ficando atrevido.

O chefe estava fazendo um cigarro, continuou a fazer na maior pachorra. Quando terminou, falou calmo: "Então como é que vai ser? Vocês três vão sair, vão escolher outro chefe, ou o quê?". Eles se afastaram para deliberar, depois Olho falou, agora mais respeitoso. Disse que no pensar deles, dele, do Teiú e do Expedito, o bando devia escolher outro chefe e voltar ao Cuiabano pra fazer o serviço que tinha ficado no ar. Seu Gumercindo respondeu que concordava com a escolha de outro chefe, e eu pensei cá comigo que aquilo estava parecendo reunião de embaixadores, só faltava se tratarem de excelência; e ele mesmo, Gumercindo, estava pronto a obedecer o chefe que fosse escolhido, mas só dali para a frente. O assunto do Cuiabano tinha sido resolvido pela chefia antiga e não comportava mais discussão. Com isso vi que ele estava ansioso por se livrar da chefia, aquela história de festa que eu falei: ele com vontade de ir embora mas não sabendo se despedir. Os três cochicharam de novo e vieram com a proposta de escolher outro chefe e deixar o assunto do Cuiabano para ser decidido pelo que fosse escolhido para chefe. Seu Gumercindo respondeu que concordava para não criar embaraço, mas só obedecia o novo chefe se o caso do Cuiabano ficasse como estava, do contrário se retirava. Fiquei de lado porque já tinha tomado a minha decisão, só não disse qual era para não esticar a conversa que já me dava sono.

Discutiram, discutiram, escolheram Olho-de--Cobra para chefe. João Adorno concordou. Eu concordei porque qualquer um me servia, menos eu. Seu Gumercindo disse que tinha sido boa escolha, e ficou esperando a decisão de Olho. Olho pediu prazo até o outro dia, nós comemos o lombo trazido do Cuiabano, o tempo todo calados. Fomos dormir sem a preocupação de botar vigia, apenas nos espalhamos na mata.

No outro dia, com a luz do sol, tudo desandou, pra não dizer que esclareceu. João Adorno falou primeiro. Disse que Olho não levasse a mal, mas ele há muito tempo que andava querendo levar vida de cidadão, tinha pensado muito de ontem pra hoje e resolveu ir trabalhar com um irmão que era seleiro em Quitanduva. Desejava boa sorte para o bando, etcetera e tal. Arreou o cavalo, montou e saiu sem mais conversa, deixando um dos revólveres de lembrança para Olho-de-Cobra. Olhei para seu Gumercindo, não notei nenhum sinal de aborrecimento, até pelo contrário, ele me pareceu satisfeito por dentro. Mal João Adorno sumiu de vista na mata, Expedito rodeou, tossiu e falou: já andava meio enjoado daquela vida, e como o bando parecia desanimado, ele também ia arriscar a sorte noutra coisa, ia voltar para a Bahia, de onde tinha vindo ainda menino e onde não era conhecido como bandoleiro, já estava com saudade do mar.

Vendo que ninguém falava, não pedia ao Adorno para ficar, me animei e soltei a minha fala. Disse que ia aproveitar a garupa do Expedito, depois me separava para tentar a sorte no garimpo. Nessa altura os outros três já olhavam para o chão e eu aproveitei para apertar a barrigueira da cela, afrouxada para descansar o cavalo. Montei e saí com Expedito.

Quando já íamos longe, mas ainda de vista, olhei para trás para dar um adeus, vi seu Gumercindo ajeitando o cavalo, mas não sei se ele saiu logo. Andei por aqui e ali, rocei pastos a troco de comida, ajudei em vaquejadas; vendi um dos revólveres em Aldeinha e vim bater aqui. Nem imaginava topar o Quim Boa Sorte.

Ficaram calados um tempo, depois Quintino falou, mais para mostrar que tinha escutado do que por interesse numa vida que para ele já era um sonho antigo.

— Então o bando acabou.

— Acabou. Mas não acabou ali, quando João Adorno, Expedito e eu pulamos fora. Já tinha acabado desde a emboscada do Beija-Flor. Foi lá que perdemos o tutano.

Os dois ficaram calados, puxando fumaça nos cigarros que não ajudavam em nada. Finalmente Quintino falou:

— E o garimpo?

— Por enquanto, só pro fumo. Mas estou apanhando embocadura. Um dia acerto com uma pedra grande.

— Deus queira, Supriano.

Cipriano ficou para o jantar, elogiou o primor da loja, separou um chapéu de aba larga para levar quando vendesse umas pedrinhas, estava esperando o comprador que não devia demorar. Quintino fez questão que ele levasse o chapéu, Cipriano fez pé firme.

— Não, companheiro. Não estou precisando tanto; é um luxo, pode esperar.

Geralda veio avisar que a janta estava pronta. Não foi apresentada porque Quintino não sabia essas coisas. Mas quando ela voltou para a cozinha, Cipriano indagou, meio encabulado:

— Que mal pergunte... você...

— É. É a Geralda — respondeu Quintino depressa para encerrar o assunto.

Na presença de Geralda a conversa escasseou, Cipriano jantou depressa, pediu licença e se despediu.

Foi a última vez que Cipriano e Quintino conversaram. À noite Cipriano foi tomar umas calcinadas na venda do Santaninha. Lá discutiu com Aniceto sobre marcas de revólveres, a discussão fumegou, se ofenderam, o Aniceto foi mais ligeiro porque tinha bebido menos, e acertou Cipriano bem no meio da testa. Em homenagem ao antigo companheiro Quintino pagou o caixão e pôs dentro dele o chapéu que Cipriano havia separado. Com esse gesto ele acreditou ter adquirido o direito de esquecer o passado para sempre, para poder se dedicar inteiramente a Geralda, que era o presente e o futuro.

Seu Felipe também não tardou a compreender que na vida que começava para Quintino e Geralda não havia lugar para ele, e teve a elegância de se retirar discretamente uma madrugada, enquanto o casal voltava a excursionar nas regiões recém-descobertas.

Quando os dois acordaram de manhã e descobriram que o velho tinha partido, não houve choro nem hipocrisia, estavam muito puros para isso. Geralda levantou-se primeiro, de passagem para a cozinha parou ao lado da cama para ver como ele estava. Achou-o de feições muito apagadas. Tocou-o na mão: muito fria. Olhou de perto, escutou a respiração: nada. Chamou, não teve resposta. Não se assustou nem se alarmou. Cobriu-o gentilmente e voltou para avisar Quintino. Tocando o colchão levemente com o pé, anunciou:

— Morreu.

Quintino se mexeu apenas para indicar que tinha ouvido. Depois disse:

— Coitado.

Geralda fez o café, beberam calados. Não procuraram forçar uma tristeza que não sentiam.

De tarde, quando voltaram do enterro, não sentiram falta do velho porque já vinham esperando aquele dia. Naquela noite ainda não dormiram no quarto, precisavam arrumá-lo, instalar uma cama mais larga.

Uma semana depois, todos os pertences de seu Felipe já afastados da vista, era como se Quintino e Geralda sempre tivessem vivido sozinhos na casa.

O primeiro filho nasceu mirradinho e torto, não mamava, parecia que não ia vingar. Quando os pais já se acostumavam com a ideia de perdê-lo, ele passou a mamar com desespero, os engasgos e vômitos cessaram e em poucos dias estava gordinho e esperto. Se não fosse a posição esquisita das pernas, muito arqueadas para dentro, se poderia dizer que ali estava uma criança normal e bonita. O pai se preocupava com o defeito das pernas, todo momento de folga ia olhar o menino e dar uma esticadinha naquelas pernas tortas. A mãe, otimista e muito feliz, achava que aquilo não tinha maior importância, que toda criança nasce mais ou menos assim, e com o tempo endireita.

O pai passou a visitar todo casal com filho pequeno, conversava, disfarçava e arranjava um jeito de ver a criança, e não saía tranquilo com a comparação. Quando pegava o filho no colo não resistia ao impulso de esticar as pernas dele; elas não paravam esticadas, ele insistia, o menino chorava, a mãe vinha correndo tomá-lo. Desanimado de endireitar as pernas do filho, Quintino foi rareando seus contatos com ele até que deixou de pegá-lo. Geralda estranhou, mas não reclamou. Uma vizinha ensinou a pendurar o menino pelos pés várias vezes por dia, ela experimentou, mas só uma vez: o menino engasgou e se debateu desesperadinho.

O menino crescia robusto e sadio, mas parecia que nunca ia andar. O pai o olhava amargurado e pensava no filho perfeito que sonhara ter, bem diferente do animalzinho que nunca ia se erguer do chão. Se ele estava sentado, ou em pé atrás do balcão, e o menino o puxava pela calça, instintivamente ele encolhia a perna. Geralda via e se conformava, parece que se julgando culpada do defeito do filho.

Mesmo engatinhando, o menino já estava espertinho, movimentava-se com rapidez pela casa empurrando o chão para trás com as mãozinhas calejadas. A mãe tinha medo que ele descesse o degrau da loja e saísse de casa, e redobrou a vigilância; mas de vez em quando ele desaparecia e era encontrado brincando na terra da rua.

Um dia ele saiu de casa sem ser percebido, enquanto a mãe trabalhava na cozinha e o pai vendia miudezas a um garimpeiro, numa transação demorada, chorada, regateada. Finalmente o homem pagou e saiu, e mal deu uns passos lá fora gritou para dentro:

— Seu Quim, corre aqui.

O menino estava caído de costas num buraco raso, o rosto ensanguentado. Quintino pegou-o e achou-o molengo, muito largado. Entrou com ele em casa chamando Geralda, ela veio correndo, era a primeira vez em muito tempo que Quintino se interessava pelo filho. Quando viu o sangue se assustou, tomou o menino do pai por cima do balcão e foi deitá-lo na cama. Uma vizinha que veio ajudar foi quem descobriu que o menino estava morto e que a causa da morte foi coice de um burro que pastava na rua.

Nos primeiros instantes parecia que Quintino não estava se incomodando com a perda do filho, andava pela casa no mesmo passo, fazendo os mesmos movimentos de sempre, como se a notícia ainda não o tivesse alcançado; mas quando ajudava a preparar o menino para o enterro, de repente se transmudou no pai que perdeu um filho. Ao levantá-lo nuzinho para a mãe vesti-lo, notou que as pernas não estavam mais arqueadas. Seria uma impressão causada pelo peso delas puxando para baixo? Deitou-o novamente, e se convenceu: o defeito tinha mesmo desaparecido. Então aquele era mesmo o filho que ele desejara, e que algum capricho maldoso estivera escondendo.

Com o tempo Geralda voltou a se interessar pela engrenagem da vida, como era preciso, a ponto de poder falar do filho perdido como se falasse de um menino que ela conhecera em outros tempos e que se mudara para outro lugar, deixando muitas lembranças boas; mas Quintino parecia que nunca ia esquecer o pecado de ter deixado o filho morrer para poder aceitá-lo.

Ver o marido calado, pensativo e suspiroso já estava irritando Geralda, e ela passou a insistir com ele para uma nova viagem de compra. Ele reconhecia que a loja estava muito desfalcada, mas não tinha ânimo para nada. Isso durou até que Geralda preparou a roupa dele e o dinheiro das compras e praticamente o enfiou no barco.

Ele fez tudo o que ela havia recomendado, e o que não foi recomendado não foi feito, com a única exceção da compra de um colar de grandes contas cor-de-rosa para Geralda. No mais, voltou na mesma apatia. Mesmo o colar, comprado num momento de ternura ativa, só foi entregue quando Geralda mesmo o encontrou e estranhou não ter sido comprado mais de um. Ela achou lindos o colar e o gesto, mas Quintino mal olhou e continuou conferindo as compras quando ela o experimentou e mostrou.

Aos poucos os dois foram se afastando, falavam-se apenas o necessário, eram quase como estranhos. Com isso Geralda passou a gostar de receber visitas, e a prender ao máximo as que apareciam. Um dia uma dessas visitas, mulher muito despachada, olhou para Geralda e disse:

— Sim senhora! Quietinha aí vai chocando. Para quando espera?

A observação alertou Quintino, que estava perto enrolando cigarros. Ele olhou para Geralda e viu-a corar.

— Que nada, D. Amélia — disse Geralda encabulada.

— Pensa que me engana? Ele vem aí sim. E dessa vez vai ser menina.

— Deus te ouça, D. Amélia. Mas eu não sei de nada.

— Ela teima em esconder — disse a visita a Quintino. — Não vai poder esconder por muito tempo.

Quintino sentiu um desejo urgente de ficar sozinho com Geralda, de ouvir dela a confirmação, de voltarem ao entendimento antigo. Felizmente a visita não se demorou mais, e ao sair ensinou uma simpatia:

— A senhora pegue uma semente de tamarindo, faz um buraquinho, passe um cordão e pendure no pescoço, não tire enquanto a criança não nascer. Quando a criança der a primeira mamada, tire a semente do seu pescoço e passe para o do pai.

Logo que ficaram sozinhos, Quintino virou-se para Geralda, e pelo olhar dele ela percebeu que o outro Quintino estava voltando. Eles se abraçaram, ela descansou a cabeça no peito dele, como se o estivesse recebendo depois de longa ausência. Quando afinal se separaram, Quintino lembrou da simpatia e foi providenciar a semente. Não era difícil, na entrada da vila havia um tamarindeiro bonito, o chão embaixo coalhado de vagens que os animais pisavam e esmagavam, a polpa apodrecia, ficavam as sementes. Ele escolheu a que lhe pareceu mais perfeita e voltou depressa para casa.

Com a semente mágica no pescoço, vinda de uma árvore tão imponente, Geralda esperou o segundo filho. Logo que sentiu as primeiras dores e se deitou, percebeu que desta vez o parto ia ser mais penoso, e teve medo. Todos os receios eliminados com a simpatia durante a gravidez voltaram mais intensos. O que seria que ia nascer? E que seria de Quintino com um novo golpe? E a parteira, por que estava tão preocupada apesar dos sorrisos e das palavras de conforto?

Desde o entardecer começaram a chegar mulheres para ver a criança. Informadas da dificuldade, franziam a testa e esticavam os lábios, davam palpites à parteira, ensinavam simpatias a Quintino. Chegavam crianças a mando das mães e indagavam se D. Geralda já tinha despachado. A noite avançava e nada de se ouvir choro de recém-nascido na casa.

Quintino andava de um lado para outro num desassossego de fazer dó e com a atenção voltada para o quarto. Sempre que uma mulher saía de lá ele a interrogava com o olhar, mas a mulher queria apenas esquentar um pano, fazer um chá, perguntar onde D. Geralda guardava isso ou aquilo.

Pela madrugada todos os curiosos tinham se cansado e ido embora, apenas duas ou três mulheres cochilavam sentadas pelos cantos, e no quarto a parteira dormia sobre duas canastras unidas, tendo já esgotado todos os recursos que conhecia. Lá fora tudo quieto, exceto pelos resmungos anacrônicos de alguma galinha mal-ajeitada no poleiro, ou pelo latido de algum cachorro zeloso. Quintino não queria entrar no quarto para não passar pelo vexame de ser expulso pela parteira uma segunda vez.

Mas o silêncio o perturbava. Pela enésima vez ele levantou e ficou andando de um lado para outro na sala acanhada. De repente o grito — longo, sofrido, final. Quintino correu ao quarto e chegou à beira da cama junto com a parteira, mas foi expulso antes de acostumar a vista com a semiescuridão. A parteira forçou-o para fora e fechou a porta. As outras mulheres também foram impedidas de entrar. Quando afinal a porta se abriu, a parteira já sabia como dar a notícia de que mãe e filho tinham morrido. A criança? Não convinha que o pai a visse.

A mata é acolhedora e generosa, não deixa ninguém em carência. E nela não há sons inúteis, tudo o que se ouve tem um sentido. Um homem sem pecados grandes pode viver até o fim na mata sem lamentar os ruídos que deixou para trás, nem as vistas horizontais a que estava habituado. A mata ensina, orienta, purifica. E escolhe aqueles que devem partir depois para ensinar, orientar, purificar o mundo.

Se aquele um não tivesse sido escolhido, estaria ainda andando pelas trilhas invisíveis, comendo frutas sem nome e passarinhos assados em fogo tirado dificultosamente da binga, andando sempre, às vezes correndo, não para fugir mas para chegar mais depressa, caindo para dormir onde o cansaço o derrubasse. Às vezes, mesmo no meio da noite, alguma coisa o acordava, não chamando de fora, mas de dentro; ele pulava de pé e saía correndo, dando joelhadas em troncos, escorregando em raízes musgosas, caindo em buracos, atolando em brejos. Quando se machucava nessas arrancadas noturnas, passava dois, três dias deitado em algum lugar escuro até sarar, depois se empanturrava de mel e continuava.

Um dia, depois de muito tempo nessa vida, já de barba crescida, de unhas e cabelos compridos, ele começou a notar qualquer coisa estranha em volta, assim como uma mudança de afinação na mata. Isso durou dias, e o deixou muito intrigado. Alguma coisa que tivesse comido? Ultimamente vinha se alimentando mais de raízes, algumas de gosto estranho. Mas a sensação não era desagradável, e ele a recebeu como prenúncio de uma revelação importante.

A revelação não tardou, e veio do alto em uma semente de paina que conseguiu varar o fechado das copas em seu paraquedas de arminho e pousar no ombro dele. O homem pegou o paraquedazinho macio, examinou-o e entendeu. Ele devia ir a um certo lugar e cumprir certa missão.

Ele se levantou sentindo-se outro homem. Endireitou o corpo, desembaraçou a barba com os dedos em pente, recebeu a bênção da mata. Catou no chão alguns estojos de jatobá para a viagem e seguiu o chamado.

Depois de muitos dias de marcha num rumo que ele não sabia mas ia adivinhando, chegou ao pé da serra do Mossongo. Numa rápida visada para cima e em volta, reconheceu o lugar. Era ali.

Atravessando o mato ralo de papiros, lobeiras e assa-peixe ele chegou à base da serra, no ponto onde um fio de água limpa e fria escorria da pedra verde e encharcava o chão. Benzeu-se com aquela água, lavou as mãos e o rosto e só então bebeu. Bebeu solene, sem pressa, sabendo bem o que fazia. Depois procurou uma abertura por onde pudesse subir sem se expor ao fiasco de uma queda.

Quando chegou ao alto o sol já ia quase sumindo atrás de outras serras distantes, e ele só teve tempo de arranjar um lugar abrigado para passar a noite. Esse lugar era um nicho de pedras com base de laje, parece que preparado especialmente para ele. Vistoriado o nicho contra a possibilidade de lacraias ou cobras, instalou-se nele, roeu os caroços do último estojo de jatobá e preparou-se para dormir. Amanhã tomaria posse.

Governar um território de limites desconhecidos pode ser muito fácil ou muito difícil, dependendo dos súditos. Aquele era dos difíceis. Quintino nunca sabia se o homem que passava na estrada ou subia a serra à procura de caça ou raízes era seu súdito ou se pertencia a outro reino. Depois de alguns atritos resolveu ir com paciência, levando em conta que aquela região tinha vivido no desgoverno por tanto tempo que as pessoas acabaram perdendo a noção de obediência. Foi uma decisão sábia, que não demorou a render benefícios. Aos poucos as pessoas iam reconhecendo a autoridade de Quintino e subindo a serra para homenageá-lo e pagar-lhe tributo, algumas em mantimentos, outras em objetos e utensílios para melhorar o conforto do nicho, que respeitosamente chamavam de palácio.

Quintino olhava os melhoramentos e concordava: aquilo estava mesmo um palácio; até trono tinha, feito de uma poltrona de vime que uns rapazes levaram do porão da república onde moravam. Outros súditos, mais acanhados, deixavam as prendas no pé da serra e iam embora. Foi assim que ele recolheu um boné muito bonito de farda de colégio, uma espada de ponta quebrada e lâmina enferrujada, que servira durante muitos anos nas congadas; uma tromba de gramofone amassada, uma espingarda sem cão e sem um lado da coronha, um pé de caçamba furado, uma roda de bicicleta com guidom; uma infinidade de vasilhas de esmalte descascadas, botas, botinas e sapatos desirmanados. Tudo servia para o governador.

A não ser por umas poucas tentativas de golpe, que ele soube atalhar a tempo, Quintino governou anos e anos sem uma crise séria. Só em seus últimos anos de vida, já meio cego e atacado de reumatismo com outras complicações, ele caiu vítima de um movimento que o afastou do trono a pretexto de interná-lo no hospital de caridade de Jaguariranga. Mas mesmo em seu leito de enfermaria ele teve as reverências de súditos fiéis até o último dia de vida.

José J. Veiga

com todas as letras

NAS PÁGINAS SEGUINTES, CONHEÇA
A VIDA E A OBRA DE JOSÉ J. VEIGA,
AUTOR DESTE LIVRO.

Um nome que se consagrou

Nome completo José Jacinto Pereira Veiga
Data e local de nascimento 1915, na divisa dos municípios goianos de Corumbá e Pirenópolis
Lugares em que morou Goiás Velho, Rio de Janeiro, Londres
Atividades que exerceu locutor de rádio, funcionário público, jornalista (redator)
Gêneros literários que praticou conto, novela, romance
Principais obras *Os cavalinhos de Platiplanto* (1959), *A hora dos ruminantes* (1966), *De jogos e festas* (1980)
Data e local de falecimento 1999, no Rio de Janeiro

José J. Veiga afirmava que devia a escolha de seu nome literário a Guimarães Rosa, que, com argumentos numerológicos e estilísticos, sugeriu José J. Veiga, quando da publicação do livro de estreia, *Os cavalinhos de Platiplanto*, em 1959.

Nascido em 1915, na divisa dos municípios goianos de Corumbá e Pirenópolis, José J. Veiga passou a infância entre essas cidades. Em 1927, foi morar com tios em Goiás Velho, antiga capital do Estado. Ali descobriu os primeiros livros e com eles o gosto pela leitura.

Em 1935, mudou-se para o Rio de Janeiro, onde foi, inicialmente, locutor de rádio e, depois, funcionário público. Formou-se em Direito em 1943 e dois anos mais tarde foi para Londres trabalhar na BBC. De volta ao Rio, em 1950, ingressou na imprensa como redator.

Os cavalinhos de Platiplanto, uma premiada antologia de contos, é de 1959. Depois vieram, dentre outros, *A hora dos ruminantes* (1966), *A máquina extraviada* (1968) e o laureado *De jogos e festas* (1980), trabalhos que serviram para consolidar o prestígio de José J. Veiga como um dos mais talentosos autores da moderna literatura brasileira. A última obra que publicou foi o livro de contos *Objetos turbulentos*, lançado em 1997.

José J. Veiga teve livros publicados nos Estados Unidos, na Inglaterra, no México, na Espanha, na Dinamarca, na Suécia, na Noruega e em Portugal. Ganhou a versão 1997 do Prêmio Machado de Assis, outorgado pela Academia Brasileira de Letras, pelo conjunto de sua obra.

Com a palavra, o autor

NA ENTREVISTA A SEGUIR, JOSÉ J. VEIGA EXPRESSA ALGUNS CONCEITOS SEUS SOBRE LITERATURA, DÁ INFORMAÇÕES ACERCA DE SUA CARREIRA E FAZ COMENTÁRIOS A RESPEITO DO LIVRO QUE VOCÊ ACABOU DE LER.

O que levou José J. Veiga a se tornar escritor?

Creio que há muito de mistério nisso, uma Trama Secreta, a Mão do Destino, essas coisas que nos textos místicos vêm assim mesmo, em maiúsculas. Com efeito, o que é que leva uma pessoa razoavelmente sensata em tudo o mais a optar por ser escritor em um país com alto índice de analfabetismo e indiferença pela leitura na maioria dos alfabetizados? Só pode ser por alguma trama urdida na sombra quando a vítima está para nascer.

A trama começa atraindo a pessoa para a leitura. Quando ela já está viciada, não conseguindo mais passar um dia sem ler, começa a entrar na fase da crítica. Discute com ela mesma os motivos que a levaram a gostar desse livro e a não gostar daquele. Depois vem a fase da insatisfação: a pessoa se afasta dos livros por algum tempo por não encontrar neles nada que o prenda. Aí vem a loucura final. Se ninguém está escrevendo os livros que ele gostaria de ler, por que não os escreve ele mesmo? Foi assim que eu caí na armadilha.

Sabemos que cada escritor tem um processo de criação próprio. Como é o seu?

O meu processo é o mais racional possível, na medida em que o ato de criação pode ser racionalizado. Primeiro eu preciso saber o que é que vou escrever, claro. Preciso ter

toda a história já pensada, não necessariamente em seus detalhes, mas pelo menos em suas linhas gerais. Com o esboço já imaginado, faço um roteiro escrito para não me perder pelo caminho. Mas esse roteiro não é nenhuma lei: é suficientemente flexível para admitir a entrada de outras ideias que podem surgir durante a escrita e até modificar o esboço primitivo. O imprevisto conta muito na criação literária.

E o que você sente ao reler os seus primeiros textos?

Antes de dar um texto por pronto, eu o reescrevo tantas vezes quantas achar necessário, cortando sempre. A primeira versão é sempre bem maior do que a última. Quando leio um texto meu antigo, fico lamentando os cortes que devia ter feito e que não fiz. Para mim, escrever é cortar. Mas tenho um princípio que não mudo: nunca modifico um texto meu já publicado.

Como leitor, você tem algum gênero preferido?

Como ficcionista, a minha primeira preferência vai para obras de ficção. É claro que hoje não leio mais com o ritmo de antigamente, porque tenho os meus livros a escrever. Quando me canso de ficção, ou não encontro o que ler nessa área, leio ensaios – sobre livros, autores, história, política; mas fujo de leituras sobre teoria literária. Quem me der nota baixa por causa disso deve dar nota baixa também a Cervantes, Melville, Machado de Assis, que também não liam sobre teoria da literatura.

"O papel do escritor é procurar transmitir a outras pessoas as modestas descobertas que consegue fazer em suas tentativas de desvendar os enigmas da vida e do mundo. Cada texto, cada livro, é uma investida nesse sentido."

Na sua opinião, qual é o papel do escritor no mundo atual?

Simplesmente procurar transmitir a outras pessoas as modestas descobertas que consegue fazer em suas tentativas de desvendar os enigmas da vida e do mundo. Cada texto, cada livro, é uma investida nesse sentido. Agora, não creio que um livro, por mais genial, possa mudar o mundo. Ajudar a entendê-lo, sim. O *Dom Quixote* vem sendo lido há cerca de quatrocentos anos, e os tortos que ele queria consertar, os agravos, as sem-razões, as injustiças ainda estão aí. O que não quer dizer que o escritor deva aceitar essas feiuras ou aderir às fontes delas. Como, aliás, nenhum ser humano limpo deve aceitar ou aderir.

Para terminar, uma curiosidade: como nasceu o texto *O trono no morro*?

Essa história vinha frequentando minha mente há muito tempo, como que pedindo para ser escrita. Mas eu achava o tema remoto, filosófico, frio, em suma. Um dia, pensando na realidade política que vivemos, o modelo se encaixou. Era o espetáculo bufo-trágico do exercício do poder no Brasil nos últimos decênios. O tema, portanto, nada tinha de remoto, era até muito atual. E de que trata *O trono no morro*? Muito resumidamente, trata de uma delusão humana muito comum, principalmente no mundo subdesenvolvido: a das pessoas que pensam que são importantes só porque conseguiram sentar-se numa cadeira alta.

Mas resumir o assunto de uma história, de um livro, é tirar-lhe o sangue. Pode-se resumir *Moby Dick*, por exemplo, dizendo que é a história da perseguição a uma baleia branca; ou que o *Dom Quixote* é a história de um cavaleiro espanhol que atacava moinhos de vento a lançadas. Uma história, ou um livro, quando bem realizados, já são resumos de aspectos da aventura humana na Terra.

* * *

O texto acima, ao qual demos a forma de entrevista, é o resultado de uma colagem de depoimentos dados por José J. Veiga ao longo do tempo.

O inusitado e o absurdo revelando o ser humano

José J. Veiga é um autor cujo estilo múltiplo não cabe em rótulos. E foi justamente essa singularidade de sua escrita que acabou por colocá-lo entre os grandes nomes da moderna literatura brasileira. Em seus textos, ele aborda não apenas situações imaginárias, ilusórias ou absurdas – que levam o leitor a participar de outros mundos ou a enxergar, sob novas perspectivas, a realidade imediata –, mas também a temática do sertanejo, do homem simples brasileiro.

Assim, muitas vezes ele localiza a ação em pequenas cidades interioranas – literariamente recriadas – e retoma crenças, lendas e mitos arraigados a um Brasil *de dentro*, esquecido dos grandes centros urbanos, revelando, ao mesmo tempo, a influência desses mesmos centros na vida do caboclo. Esses sinais são visíveis no livro *A hora dos ruminantes* (1966), cujo tema é a opressão que repentinamente subjuga toda a população de um tranquilo vilarejo, e nos catorze contos que compõem o consagrado *A máquina extraviada* (1968), os quais falam, em sua maioria, de solidão e violência.

José J. Veiga recorre ainda ao expediente de enquadrar realidades diversas, às vezes insólitas, sob a ótica infantil, como

Alguns dos principais sucessos de José J. Veiga, que contribuíram para que recebesse o Prêmio Machado de Assis pelo conjunto da obra, em 1997.

ocorre, por exemplo, na maioria dos doze contos de *Os cavalinhos de Platiplanto* (1959) e em *Sombra de reis barbudos* (1972). Nesses dois livros, fica registrada, em tom por vezes memorialista, a estupefação de seus narradores – crianças diante de um mundo que não conseguem entender.

A linguagem clara e objetiva, absolutamente acoplada ao contexto, seja na vertente fantástica, seja na vertente regionalista, traduz uma mensagem que é levada ao leitor na proporção exata, precisa, sem floreios estéticos. Seus livros *Os pecados da tribo* (1976) e o premiado *De jogos e festas* (1980) são bons exemplos dessa sua característica.

Sob a fachada do absurdo e do inexplicável, por trás da simplicidade da linguagem, os textos de José J. Veiga guardam sempre um posicionamento crítico em relação à condição humana. Retratando a vida em suas razões mais profundas, ele deixa à mostra toda uma gama de indagações e perplexidades.

Seu último livro foi *Objetos turbulentos* (1997), e com este estamos mais uma vez próximos do autor de *Os cavalinhos de Platiplanto*. Sintomaticamente, trata-se de um livro de contos, que é, por excelência, a forma de expressão de José J. Veiga. Contrariando a tendência autoral e editorial de transformar o livro de contos em um amontoado de histórias díspares, esse volume tem um arcabouço muito bem definido. As histórias giram em torno de objetos que guardam um poder (simbólico ou sobrenatural) de intervenção na vida das pessoas.

Muito mais do que uma realidade camuflada pela fantasia, o leitor encontrará em José J. Veiga um microcosmo ampliado, que estimula sempre um novo olhar, uma nova leitura de fatos já vistos – histórias em que a narrativa, pela construção do enredo, produz sempre um efeito a mais, impactante e surpreendente.

Obras do autor

ADULTO

Os cavalinhos de Platiplanto (contos). Civilização Brasileira, 1959 (Bertrand Brasil)*
A hora dos ruminantes (novela). Civilização Brasileira, 1966 (Bertrand Brasil)
A máquina extraviada (contos). Civilização Brasileira, 1967
Sombra de reis barbudos (novela). Civilização Brasileira, 1972 (Bertrand Brasil)
Os pecados da tribo (novela). Civilização Brasileira, 1976
De jogos e festas (novelas). Civilização Brasileira, 1980
Aquele mundo de Vasabarros (romance). Civilização Brasileira, 1981 (Bertrand Brasil)
Torvelinho dia e noite (romance). Difel, 1986
A casca da serpente (romance). Bertrand Brasil, 1989
O risonho cavalo do príncipe (romance). Bertrand Brasil, 1992
O relógio Belizário (romance). Bertrand Brasil, 1995
Objetos turbulentos: contos para ler à luz do dia (contos). Bertrand Brasil, 1997

JUVENIL

O trono no morro (novela). Ática, 1987

INFANTOJUVENIL

Professor Burrim e as quatro calamidades. Comunicação, 1978
Tajá e sua gente. Bertrand Brasil, 1986

* Entre parênteses estão anotadas as editoras que posteriormente publicaram os livros.

boaprosa

Novelas, romances e contos de renomados autores brasileiros. A série Boa Prosa é sinônimo de boa literatura!

SUPLEMENTO DE LEITURA

José J. Veiga

O trono no morro

nome..

escola..

...........º ano

editora ática

boaprosa

Em **O trono no morro**, Quintino Jerônimo Júlio conheceu aventuras e desventuras e passou por surpreendentes mudanças até se tornar Dom Quintino, o soberano de um estranho reino. Vamos relembrar sua comovente trajetória resolvendo as questões propostas a seguir?

boaprosa

Com temas e estilos bem diversificados, a série Boa Prosa guia os jovens nos primeiros passos rumo à literatura adulta.